青少年校园精品读物
QINGSHAONIAN XIAOYUAN JINGPIN DUWU

鲁彦精品文集

童年的悲哀

鲁 彦 著

TONGNIAN DE BEIAI
LUYAN JINGPIN WENJI

时代 成都时代出版社
CHENGDU TIMES PRESS

图书在版编目(CIP)数据

童年的悲哀:鲁彦精品文集 / 鲁彦著. —成都:
成都时代出版社,2014.1(2018.8重印)
(青少年校园精品读物)
ISBN 978-7-5464-0804-0

Ⅰ.①童… Ⅱ.①鲁… Ⅲ.①散文集-中国-现代
Ⅳ.①I266

中国版本图书馆 CIP 数据核字(2012)第 297399 号

童年的悲哀：鲁彦精品文集
TONGNIAN DE BEIAI:LUYAN JINGPIN WENJI
鲁 彦 著

出 品 人 石碧川
责任编辑 陈余齐
责任校对 李 航
装帧设计 红十月工作室
责任印制 唐莹莹
出版发行 成都时代出版社
电 话 (028)86621237(编辑部)
(028)86615250(发行部)
网 址 www.chengdusd.com
印 刷 北京一鑫印务有限责任公司
规 格 690mm×960mm 1/16
印 张 12
字 数 190 千
版 次 2014 年 1 月第 1 版
印 次 2018 年 8 月第 3 次印刷
书 号 ISBN 978-7-5464-0804-0
定 价 29.80 元

前言

　　鲁彦(1901～1944 年)，浙江镇海人(现浙江北仑区大碶人)，原名王燮臣，又名王衡、王鲁彦、返我。著名乡土小说家、翻译家。

　　鲁彦出生于农村商人家庭，小学未能毕业便去上海洋行当学徒。受"五四"新思潮影响，1920 年，参加由李大钊、蔡元培等创办的工读互助团，自上海到北京大学旁听。1923 年夏，到湖南长沙平民大学、周南女学和第一师范任教。同年在 11 月号的《东方杂志》发表处女作《秋夜》。此后陆续有许多小说发表，早期代表作为《柚子》。1926 年出版第一部小说集《柚子》。1927 年任湖北武汉《民国日报》副刊编辑。1928 年春至南京国民政府国际宣传部任世界语翻译。1930 年至福建厦门任《民钟日报》副刊编辑。此后辗转在福建、上海、陕西等地的中学任教。1927 年 7 月号《小说月报》发表他的小说《黄金》。抗战前夕出版重要作品长篇小说《野火》。为重要的乡土写实派作家。

　　抗战期间从事抗日救亡工作，1938 年任文协桂林分会主席，并主编大型刊物《文艺杂志》，有《炮火下的孩子》、《伤兵医院》等短篇小说结集出版，并在《广西日报》副刊上连载长篇小说《春草》。1941 年参加中华全国文艺界抗敌协会的组织工作，主编大型文学刊物《文艺杂志》。1944 年于贫病交困中在桂林逝世。

　　细腻、朴素、自然，是鲁彦作品艺术风格的主要表现。茅盾认为："在描写手腕方面，自然和朴素是作者的卓特的面目。"鲁彦总是用细腻的文笔描绘生活的场景和人物的心理活动，主旨在朴素的故事叙述中自然地流泻，语言清新质朴，娓娓道来，如话家常。鲁彦是以乡土文学代表作家的身份确立他在现代中国文学史上的地位的,他的创作以半殖民地化的中国江南小镇为背景,描摹了浙东农村的人情世态、民风习俗,显示了朴实细密的写实风尚。

本书所选文章定能让读者领略作者细腻笔风及朴素自然的叙事风格,进而领略江南小镇风情。

目录
CONTENTS

秋夜

"醒醒罢，醒醒罢。"有谁敲着我的纸窗似的说。

"呵，呵——谁呀？"我朦胧的问，揉一揉睡眼。

黑沉沉的看不见一点什么，从帐中望出去。也没有人回答我，也没有别的声音。

"梦罢？"我猜想，转过身来，昏昏的睡去了。

不断的犬吠声，把我惊醒了。我闭着眼仔细的听，知道是邻家赵冰雪先生的小犬，阿乌和来法。声音很可怕，仿佛凄凉的哭着，中间还隔着些呜咽声。我睁开眼，帐顶映得亮晶晶。隔着帐子一望，满室都是白光。我轻轻的坐起来，掀开帐子，看见月光透过了玻璃，照在桌上，椅上，书架上，壁上。

那声音渐渐的近了，仿佛从远处树林中向赵家而来，其中似还夹杂些叫喊声。我惊异起来，下了床，开开窗子一望，天上满布了闪闪的星，一轮明月浮在偏南的星间，月光射在我的脸上，我感着一种清爽，便张开口，吞了几口，犬吠声渐渐的急了。凄惨的叫声，时时间断了呻吟声，听那声音似乎不止一人。

"请救我们被害的人……我们是从战地来的……我们的家屋都被凶恶者占去了，我们的财产也被他们抢夺尽了……我们的父母兄弟姊妹多被他们杀害尽了……"惨叫声突然高了起来。

仿佛有谁泼了一盆冷水向我的颈上似的，我全身起了一阵寒战。

"吞下去的月光作怪罢？"我想。转过身来，向衣架上取下一件夹袍，披

1

在身上。复搬过一把椅子，背着月光坐下。

"请救我们没有父母的人，请救我们无家可归的人！……"叫声更高了。有老人，青年，妇女，小孩的声音。似乎将到村头赵家了。犬吠得更利害，已不是起始的悲哭声，是一种凶暴的怒恨声了。

我忍不住了，心突突的跳着。站起来，扣了衣服，开了门，往外走去。忽然，又是一阵寒战。我看看月下的梧桐，起了恐怖。走回来，从枕头底下拿出一支手枪，复披上一件大衣，倒锁了门，小心的往村头走去。

梧桐岸然的站着。一路走去，只见地上这边一个长的影，那边一个大的影。草上的露珠，闪闪的如眼珠一般，到处都是。四面一望，看不见一个人，只有一个影子伴着我孤独者。"今夜有许多人伴我过夜了。"我走着想，叹了一口气。

奇怪，我愈往前走，那声音愈低了，起初还听得出叫声，这时反而模糊了。"难道失望的回去了吗？"我连忙往前跑去。

突突的脚步声，在静寂中忽然在我的后面跟来，我骇了一跳，回头一看，什么也没有。

"谁呀？"我大声的问。预备好了手枪，收住脚步，四面细看。

突突的声音忽然停止了，只有对面楼屋中回答我一声"谁呀？"

"呵，弱者！"我自己嘲笑自己说，不觉微笑了。"这样的胆怯，还能救人吗？"我放开脚步，复往前跑去。

静寂中听不见什么，只有自己突突的脚步声。这时我要追的声音，几乎听不见了。

"不要失望，不要失望，困苦者！我便是你们的兄弟，我的家便是你们的家！请回转来，请回转来！"我急得大声的喊了。

"不要失望，不要失望，困苦者！我便是你们的兄弟，我的家便是你们的家！请回转来，请回转来！"四面八方都跟着我喊了一遍。

静寂，静寂，四面八方都是静寂，失望者没有回答我，失望者听不见我的喊声。

失望和痛苦攻上我的心来，我眼泪簌簌的落下来了。

我失望的往前跑，我失望的希望着。

"呵，呵，失望者的呼声已这样的远了，已这样的低微了！……"我失望的想，恨不得多生两只脚拼命跑去。

呼的一声，从草堆中出来一只狗，扑过来咬住我的大衣。我吃了一惊，站住左脚，飞起右脚，往后踢去。它却抛了大衣，向我右脚扑来。幸而缩得快。往前一跃，飞也似的跑走了。

喽喽的叫着，狗从后面追来。我拿出手枪。回过身来。砰的一枪，没有中着，它的来势更凶了。砰的第二枪，似乎中在它的尾上。它跳了一跳，倒地了。然而叫得更凶了。

我忽然抬起头来，往前面一望，呼呼的来了三四只狗。往后一望，又来了无数的狗，都凶恶的叫着。我知道不妙，欲向原路跑回去，原路上正有许多狗冲过来，不得已向左边荒田中乱跑。

我是什么也不顾了，只是拼命的往前跑。虽然这无聊的生活不愿意再继续下去，但是死，总有点害怕呀。

呼呼呼的声音，似乎紧急的追着。我头也不敢回，只是匆匆迫迫越过了狭沟，跳过了土堆，不知东西南北，慌慌忙忙的跑。

这样的跑了许久，许久，跑得精疲力竭，我才偷眼的往后望了一望。看不见一只狗，也听不见什么声音，我于是放心的停了脚，往四面细望。

一堆一堆小山似的坟墓，团团围住了我，我已镇定的心，不禁又跳了起来。脚旁的草又短又疏，脚轻轻一动，便刷刷的断落了许多。东一株柏树，西一株松树，都离得很远，孤独的站着。在这寂寞的夜里，凄凉的坟墓中，我想起我生活的孤单与漂荡，禁不住悲伤起来，泪儿如雨的落下了。

一阵心痛，我扭缩的倒了……

"呵——"我睁开眼一看，不觉惊奇的叫了出来。

一间清洁幽雅的房子，绿的壁，白的天花板，绒的地毯，从纱帐中望出去。我睡在一张柔软的钢丝床上。洁白的绸被，盖在我的身上。一股沁人的香气充满了帐中。

正在这惊奇间，呀的一声，床后的门开了。进来的似乎有两个人，一个向床前走来，一个站在我的头旁窥我。

"要茶吗，鲁先生？"一个十六七岁的女郎轻轻的掀开纱帐，问我。

"如方便，就请给我一杯，劳驾，"我回答说，看着她的乌黑的眼珠。

"很便，很便，"她说着红了面，好像怕我看她似的走了出去。

不一刻，茶来了。她先扶我坐起，复将茶杯凑到我口边。

"这真对不起，"我喝了半杯茶，感谢的说。

"没有什么，"她说。

"但是，请你告诉我，这是什么地方，你姓什么?"

"我姓林，这里是鲁先生的府上，"她笑着说，雪白的脸上微微起了两朵红云。

"哪一位鲁先生?"

"就是这位，"她笑着指着我说。

"不要取笑，"我说。

"唔，你到处为家的人，怎的这里便不是了。也罢，请一个人来和你谈谈罢。"她说着出去了。

"好伶俐的女子。"我暗自的想。

在我那背后的影子，似乎隐没了。一会儿，从外面走进了一个人。走得十分的慢，仿佛踌躇未决的样子。我回过头去，见是一个相熟的女子的模样。正待深深思索的时候，她却掀开帐子，扑的倒在我的身上了。

"呀!"我仔细一看，骇了一跳。

过去的事，不堪回忆，回忆时，心口便如旧创复发般的痛，它如一朵乌云，一到头上时，一切都黑暗了。

我们少年人只堪往着渺茫的未来前进，痴子似的希望着空虚的快乐。纵使悲伤的前进，失望的希望着，也总要比回头追那过去的影快乐些罢。

在无数的悲伤着前进，失望的希望着者之中，我也是一个。我不仅是不肯回忆，而且还竭力的使自己忘却。然而那影子真利害，它有时会在我无意中，射一支箭在我的心上。

今天这事情，又是它来找我的。

竭力想忘去的二年前的事情，今天又浮在我眼前了。竭力想忘去的二年前的一个人。今天又突然的显在我眼前了。最苦的是，箭射在中过的地方，心痛在伤过的地方。

扑倒在我身上呜咽着的是，二年前的爱人兰英。我和她过去的历史已不堪回想了。

"呵，呵，是梦罢，兰英？"我抱住了她，哽咽的说。

"是呵，人生原如梦呵……"她紧紧的将头靠在我的胸上。

"罢了，亲爱的。不要悲伤，起来痛饮一下，再醉到梦里去罢。"

"好！"她慨然的回答着，仰起头，凑过嘴来。我们紧紧的亲了一会。俄顷，她便放了我，叫着说，"拿一瓶最好的烧酒来，松妹。"

"晓得，"外间有人答应说。

我披着衣起来了。

"现在是在夜里吗？"我看见明晃晃的电灯问。

"正是，"她回答说。

"今夜可有月亮？可有星光？"

"没有。夜里本是黑暗，哪有什么光。"她凄凉的说。

我的心突然跳动了一下，问道：

"呵，兰英，这是什么地方？我怎样来到这里的？"

"这是漂流者的家，你是漂流而来的。"她笑着回答说。

"唔，不要取笑，请老实的告诉我，亲爱的。"我恳切的问。

"是呵，说要醉到梦里去，却还要问这是什么地方。这地方就是梦村，你现在做着梦，所以来到这里了。不信吗？你且告诉我，没有到这里以前，你在什么地方？"

我低头想了一会，从头讲给她听。讲到我恐慌的逃走时，她笑得仰不起头了。

"这样的无用，连狗也害怕。"她最后忍不住笑，说。

"唔，你不知道那些狗多么凶，多么多……"我分辩说。

"人怕狗，已经很可耻了，何况又带着手枪……"

"一个人怎样对付？……而且死在狗的嘴里谁甘心？……"

"是呵，谁肯牺牲自己去救人呵！……咳，然而我爱，不肯牺牲自己是救不了人的呀……"她起初似很讥刺，最后却诚恳的劝告我，额上起了无数的皱纹。

我红了脸，低了头的站着。

"酒来了。"说着，走进来了那一位年轻的姑娘，手托着盘。

"请不要回想那过去，且来畅饮一杯热烈的酒罢，亲爱的。"她牵着我的手，走近桌椅旁，从松妹刚放下的盘上取过酒杯，满满的斟了一杯，凑到我的口边。

"呵——"我长长的叹了一口气，一饮而尽。走过去，满斟了一杯，送到她口边，她也一饮而尽。

"鲁先生量大，请拿大杯来，松妹。"她说。

"是。"松妹答应着出去了，不一刻，便拿了两只很大的玻璃杯来。

桌上似乎还摆着许多菜，我不曾注意，两眼只是闪闪的在酒壶和酒杯间。兰英也喝得很快，不曾动一动菜，一面还连呼着"松妹，酒，酒"，松妹"是，是"的从外间章进来好几瓶。

我们两人。只是低着头喝，不愿讲什么话，松妹惊异的在旁看着。

无意中，我忽然抬起头来。兰英惊讶似的也突然仰起头来，我的眼光正射到她的乌黑的眼珠上，我眉头一皱，过去的影刷的从我面前飞过，心口上中了一支箭了。

我呵的一声，拿起玻璃杯，狠狠的往地上摔去，砰的一声，杯子粉碎了。

我回过头去看兰英，兰英两手掩着面，发着抖，凄凉的站着，只叫着"酒，酒"。我忽然被她提醒，捧起酒壶，张开嘴，倒了下去。

我一壶一壶的倒了下去，我一壶一壶的往嘴里倒了下去……

一阵冷战，我醒了。睁开眼一看，满天都是闪闪的星。月亮悬在远远的一株松树上。我的四面都是坟墓；我睡在濡湿的草上。

"呵，呵，又是梦吗？"我惊骇的说，忽的站了起来，摸一摸手枪，还在身边，拿出来看一看，又看一看自己的胸口，叹了一口气，复放入衣袋中。

"砰，砰，砰……"忽然远远的响了起来。随后便是一阵凄惨的哭声，叫喊声。

"唔，又是那声音？"我暗暗的自问。

"这是很好的机会，不要再被梦中的人讥笑了！"我鼓励着自己，连忙循着声音走去。

"砰，砰，砰……"又是一排枪声，接连着便是隆隆隆的大炮声。

我急急的走去，急急的走去，不一会便在一条生疏的街上了。那街上站着许多人，静静的听着，又不时轻轻的谈论。我看他们镇定的态度，不禁奇异起来了。于是走上几步，问一个年轻的男子。

"请问这炮声在什么地方，离这里有多少远？"

"在对河。离这里五六里。"

"那么，为什么大家很镇定似的？"我惊奇的问。

"你害怕吗？那有什么要紧！我们这里常有战事，惯了。你似乎不是本地人。所以这样的胆小。"他反问我，露出讥笑的样子。

"是，我才从外省来。"我答应了这一句，连忙走开。

"惯了，"神经刺激得麻木便是"惯了"。我一面走一面想。"他既觉得胆大，但是为什么不去救人？——也许怕那路上的狗罢？"

叫喊声，哭泣声，渐渐的近了，我急急的，急急的跑去。

"请救我们虎口残生的人……请救我们无家可归的人……请救我们无父母兄弟妻女的人……你以外的人死尽时，你便没有社会了，你便不能生存了……死了一个人，你便少了一个帮手了，你便少了一个兄弟了……"许多人在远处凄凄的叫着，似像向我这面跑来，同时炮声，枪声，隆隆，砰砰的响着。

我急急的，急急的往前跑。

"唉！站住！"一个人从屋旁跳出来，拖住我的手臂。"前面流弹如雨，到处都戒严，你却还要乱跑！不要命吗？"他大声地说。

"很好，很好，"我挣扎着说。"不能救人，又不能自救，没有勇气杀人，又没有勇气自杀，咒诅着社会，又翻不过这世界，厌恨着生活，又跳不出这地球，还是去求流弹的怜悯，给我幸福罢！……"

脱出手，我便飞也似的往前跑去。只听见那人"疯子！"一句话。

扑通一声，不提防，我忽然落在水中了。拼命挣扎，才伸出头来，却又沉了下去。水如箭一般的从四面八方射入我的口，鼻，眼睛，耳朵里……

"醒醒罢，醒醒罢！"有谁敲着我的纸窗，愤怒似的说。

"呵，呵——谁呀？"我朦胧的问，揉一揉睡眼。

黑沉沉的看不见一点什么，从帐中望出去。没有人回答我，只听见呼呼的过了一阵风。随后便是窗外萧萧的落叶声。

"又是梦，又是梦！……"我咒诅说。

（选自小说散文集《柚子》，1926年10月，北新书局）

许是不至于罢

一

有谁愿意知道王阿虞财主的情形吗？——请听乡下老婆婆的话：

"啊唷，阿毛，王阿虞的家产足有二十万了！王家桥河东的那所住屋真好呵！围墙又高屋又大，东边轩子，西边轩子，前进后进，前院后院，前楼后楼，前巷后巷密密的连着，数不清有几间房子！左弯右弯，前转后转，像我这样年纪的老太婆走进去了，还能钻得出来吗？这所屋真好，阿毛！他屋里的椽子板壁不像我们的椽子板壁，他的椽子板壁都是红油油得血红的！石板不像我们这里的高高低低，屋柱要比我们的大一倍！屋檐非常阔，雨天来去不会淋到雨！每一间房里都有一个自鸣钟，桌子椅子是花梨木做的多，上面都罩着绒的布！这样的房子，我不想多，只要你能造三五间给我做婆婆的住一住，阿毛，我也就心满意足了。……

他的钱哪里来的呢？这自然是运气好，开店赚出来的！你看，他现在在小碶头开了几爿店：一爿米店，一爿木行，一爿砖瓦店，一个砖瓦厂。除了这自己开的几爿店外，小碶头的几爿大店，如可富绸缎店，开成南货店，新时昌酱油店都有他的股份。——新开张的仁生堂药店，文记纸号，一定也有他的股份！这爿店年年赚钱，去年更好，听说赚了二万，——有些人说是五万！他店里的伙计都有六十元以上的花红，没有一个不眉笑目舞，一个姓陈的学徒，也分到五十元！今年许多大老板纷纷向王阿虞荐人，上等的职司插不进，都要荐学徒给他。隔壁阿兰嫂是他嫡堂的嫂嫂，要荐一个表侄去做他店里的学徒，说是只肯答应她'下年'呢！啊，阿毛，你若是早几年在他店里做学徒，现在也可以赚大铜钱了！小碶头离家又近，一杯热茶时辰就可走到，那一天我要断气了，你还可以奔了来送终！……

'钱可通神'，是的确的，阿毛，王阿虞没有读过几年书，他能不能写信还说不定，一班有名的读书人却和他要好起来了！例如小禊头的自治会长周伯谋，从前在县衙门做过师爷的顾阿林那些人，不是容易奉承得上的。你将来若是也能发财，阿毛，这些人和你相交起来，我做婆婆的也可以扬眉吐气，不会再像现在的被人家欺侮了！……"

<h1 style="text-align:center">二</h1>

欢乐把微笑送到财主王阿虞的唇边，使他的脑中涌出无边的满足：

"难道二十万的家产还说少吗？一县能有几个二十万的财主？哈哈！丁旺，财旺，是最要紧的事情，我，都有了！四个儿子虽不算多，却也不算少。假若他们将来也像我这样的会生儿子，四四也有十六个！十六再用四乘，我便有六十四个的曾孙子！四六二百四十，四四十六，二百四十加十六，我有二百五十六个玄孙！哈哈哈！……玄孙自然不是我可以看见的，曾孙，却有点说不定。像现在这样的鲜健，谁能说我不能活到八九十岁呢？其实没有看见曾孙也并没有什么要紧，能够看见这四个儿子统统有了一个二个的小孩也算好福气了，哈哈，现在大儿子已有一个小孩，二媳妇怀了妊，过几天可以娶来的三媳妇如果再生得早，二年后娶四媳妇，三年后四个儿子便都有孩子了！哈哈。这有什么难吗？……

有了钱，做人真容易！从前阿姆对我说，她穷的时候受尽人家多少欺侮，一举一动不容说都须十分的小心，就是在自己的屋内和自己的人讲话也不能过于随便！我现在走出去，谁不嘻嘻的喊我"阿叔""阿伯"？非常恭敬的对着我？许多的纠纷争斗，没有价值的人去说得喉咙破也不能排解。我走去只说一句话便可了事！哈哈！……

王家桥借钱的人这样多，真弄得我为难！真是穷的倒也罢了，无奈他们借了钱多是吃得好好，穿得好好的去假充阔老！也罢，这毕竟是少数，又是自己族内人，我不妨手头宽松一点，同他们发生一点好感。……

哈哈，三儿的婚期近了，二十五，初五。初十，只有十五天了！忙是要一天比一天忙了，但是现在已经可以说都已预备齐全。新床，新橱，新桌，新凳，四个月前都已漆好，房子里面的一切东西，前天亦已摆放的妥贴，各种事情都有人来代我排布，我只要稍微指点一下就够了。三儿，他做我的儿子真快活，不要他担，不要他扛，只要到了时辰拖着长袍拜堂！哈哈！……"

突然，财主脸上的笑容隐没了。忧虑带着皱纹侵占到他的眉旁，使他的脑中充满了雷雨期中的黑云：

"上海还正在开战，从衢州退到宁波的军队说是要独立，不管他谁胜谁输，都是不得了的事！败兵，土匪，加上乡间的流氓！无论他文来武来，架我，架妻子，架儿子或媳妇，这二十万的家产总要弄得一秃精光的了！咳咳！……命，而且性命有没有还难预料！如果他捉住我，要一万就给他一万，要十万就给他十万，他肯放我倒也还好，只怕那种人杀人惯了没有良心，拿到钱就是砰的一枪怎么办？……哦，不要紧！躲到警察所去，听到风头不好便早一天去躲着！——啊呀，不好！扰乱的时候，警察变了强盗怎么办？……宁波的银行里去？——银行更要被抢！上海的租界去？路上不太平！……呵，怎么办呢？——或者，菩萨会保佑我的？……"

三

九月初十的吉期差三天了，财主的大屋门口来去进出的人如鳞一般的多，如梭一般的忙。大屋内的各处柱上都贴着红的对联，有几间门旁贴着"局房"，"库房"等等的红条。院子的上面，搭着雪白的帐篷，篷的下面结着红色的彩球。玻璃的花灯，分出许多大小方圆的种类，挂满了堂内堂外，轩内轩外，以及走廊等处。凡是财主的亲戚都已先后于吉期一星期前全家老小的来了。帮忙时帮忙，没有忙可帮时他们便凑上四人这里一桌，那里一桌的打牌。全屋如要崩倒似的噪闹，清静连在夜深也不敢来窥视了。

　　财主的心中深深的藏着隐忧，脸上装出微笑。他在喧哗中不时沉思着。所有的嫁妆已破例的于一星期前分三次用船秘密接来，这一层可以不必担忧。现在只怕人手繁杂，盗贼混入和花轿抬到半途，新娘子被土匪劫去。上海战争得这样厉害，宁波独立的风声又紧，前几天镇海关外都说有四只兵舰示威。那里的人每天有不少搬到乡间来。但是这里的乡间比不来别处，这里离镇海只有二十四里！如果海军在柴桥上陆去拊宁波或镇海之背，那这里便要变成战场了！

　　吉期越近，财主的心越慌了。他叮嘱总管一切简省，不要力求热闹。从小碶头，他又借来了几个警察。他在白天假装着镇静，在夜里睡不熟觉。别人嘴里虽说他眼肿是因为忙碌的缘故，其实心里何尝不晓得他是为的担忧。

　　远近的贺礼大半都予前一天送来。许多贺客因为他是财主，恐怕贺礼过轻了难看，都加倍的送。例如划船的阿本，他也借凑了一点去送了四角。

　　王家桥虽然是在山内，人家喊他为"乡下"，可是人烟稠密得像一个小镇。几条大小路多在屋巷里穿过。如果细细的计算一下，至少也有五六百人家。（他们都是一些善人，男女老幼在百忙中也念"阿弥陀佛"。）这里面，没有送贺礼的大约还没有五十家，他们都想和财主要好。

　　吉期前一天晚上，喜筵开始了。这一餐叫做"杀猪饭"，因为第二日五更敬神的猪羊须在那晚杀好。照规矩，这一餐是只给自己最亲的族内和办事人吃的，但是因为财主有钱，菜又好，桌数又备得多，远近的人多来吃了。

　　在那晚，财主的耳膜快被"恭喜"撞破了，虽然他还不大出去招呼！

　　第二天，财主的心的负担更沉重了。他夜里做了一个恶梦：一个穿缎袍的不相认的先生坐着轿子来会他。他一走出去那个不相识者便和轿夫把他拖入轿内，飞也似的抬着他走了。他知道这就是所谓土匪架人，他又知道，他是做不得声的，他只在轿内缩做一团的坐着。跑了一会，仿佛跑到山上了。那土匪仍不肯放，只是满山的乱跑。他知道这是要混乱追者的眼目，使他们找不到盗窟。忽然，轿子在岩石上一撞，他和轿子就从山上滚了下去……他醒了。

他醒来不久，大约五更，便起来穿带着带了儿子拜祖先了。他非常诚心的恳切的——甚至眼泪往肚里流了——祈求祖先保他平安。他多拜了八拜。

早上的一餐酒席叫"享先饭"，也是只给最亲的族内人和办事人吃的，这一餐没有外客来吃。

中午的一餐是"正席"，远近的贺客都纷纷于十一时前来到了。花轿已于九时前抬去接新娘子，财主暗地里捏着一把汗。贺客填满了这样大的一所屋子，他不敢在人群中多坐多立。十一点多，正席开始了。近处住着的人家听见大屋内在奏乐，许多小孩子多从隔河的跑了过去，或在隔河的望着。有几家妇女可以在屋上望见大屋的便预备了一个梯子，不时的爬上去望一望，把自己的男孩子放到屋上去，自己和女孩站在梯子上。他们都知道花轿将于散席前来到，他们又相信财主家的花轿和别人家的不同，财主家的新娘子的铺陈①比别人家的多，财主家的一切花样和别人家的不同，所以他们必须扩一扩眼界。

喜酒开始了一会，财主走了出来向大家道谢，贺客们都站了起来：对他恭喜，而且扯着他要他喝敬酒。——这里面最殷勤的是他的本村人。——他推辞不掉，便高声的对大众说："我不会喝酒，但是诸位先生的盛意使我不敢固拒，我只好对大家喝三杯了！"于是他满满的喝了三杯，走了。

贺客们都非常的高兴，大声的在那里猜拳，行令，他们看见财主便是羡慕他的福气，尊敬他的忠实，和气。王家桥的贺客们，脸上都露出一种骄傲似的光荣，他们不时的称赞财主，又不时骄傲的说，王家桥有了这样的一个财主。他们提到财主，便在"财主"上加上"我们的"三字，"我们的财主！"表示财主是他们王家桥的人！

但是忧虑锁住了财主的心，不让它和外面的喜气稍稍接触一下。他担忧着路上的花轿，他时时刻刻看壁上的钟，而且不时的问总管先生轿子快到了没有。十一点四十分，五十分，十二点。钟上的指针迅速的移了过去，财主的心愈加慌了。他不敢把自己所忧虑的事情和一个亲信的人讲，他恐怕自己

---

① 嫁妆之一。即棉被枕头等物。宁波人多以别的嫁妆先婚期一二天搬去，铺陈则随花轿抬去。

的忧虑是空的，而且出了口反不利。

十二点半，妇人和孩子们散席了，花轿还没有来。贺客们都说这次的花轿算是到得迟了，一些老婆婆不喜欢看新娘子，手中提了一包花生，橘子，蛋片，肉圆等物先走了。孩子们都在大门外游戏，花轿来时他们便可以先望到。

十二点五十五分了，花轿还没有来！财主问花轿的次数更多了，"为什么还不到呢？为什么呢？"他微露焦急的样子不时的说。

钟声突然敲了一下。

长针迅速的移到了一点十五分。贺客统统散了席，纷纷的走了许多。

他想派一个人去看一看，但是他不敢出口。

壁上时钟的长针尖直指地上了，花轿仍然没有来。

"今天的花轿真迟！"办事人都心焦起来。

长针到了四十分。

财主的心突突的跳着：抢有钱人家的新娘子去，从前不是没有听见过。

忽然，他听见一阵喧哗声，——他突然站了起来。

"花轿到了！花轿到了！"他听见门外的孩子们大声的喊着。

于是微笑飞到了他的脸上，他的心的重担除掉了。

门外放了三个大纸炮，无数的鞭炮，花轿便进了门。

站在梯子上的妇女和在别处看望着的人都看见抬进大门的只有一顶颜色不鲜明的，形式不时新的旧花轿，没有铺陈，也没有吹手，花轿前只有两盏大灯笼。于是他们都明白了财主的用意，记起了几天前晚上在大屋的河边系着的几只有篷的大船，他们都佩服财主的措施。

四

是黑暗的世界。风在四处巡游，低声的打着呼哨。屋子惧怯的屏了息，敛了光伏着。岸上的树战栗着；不时发出低微的凄凉的叹息，河中的水慌张的拥挤着，带着一种几乎听不见的呜咽。一切，地球上的一切仿佛往下的，往下的沉了下去。……

　　突然一种慌乱的锣声被风吹遍了村上的各处，惊醒了人们的欢乐的梦，忧郁的梦，悲哀的梦，骇怖的梦，以及一切的梦。

　　王家桥的人都在朦胧中惊愕的翻起身来。

　　"乱锣！火！火！……"

　　"是什么铜锣？大的，小的？"

　　"大的！是住家铜锣！火在屋前屋后！水龙铜锣还没有敲！——快！"

　　王家桥的人慌张的起了床，他们都怕火在自己的屋前屋后。一些妇女孩子带了未尽的梦，疯子似的从床上跳了下来，发着抖，衣服也不穿。他们开了门出去四面的望屋前屋后的红光。——但是没有，没有红光！屋上的天墨一般的黑。

　　细听声音。他们知道是在财主王阿虞屋的那一带。但是那边也没有红光。

　　自然，这不是更锣，不是喜锣，也不是丧锣，一听了接连而慌张的锣声，王家桥的三岁小孩也知道。

　　他们连忙倒退转来，关上了门。在房内，他们屏息的听着。

　　"这锣不是报火！"他们都晓得。"这一定是哪一家被抢劫！"

　　并非报火报抢的锣有大小的分别，或敲法的不同，这是经验和揣想告诉他们的。他们看不见火光，听不见大路上的脚步声，也听不见街上的水龙铜锣来接。

　　那么，到底是哪一家被抢呢？不消说他们立刻知道是财主王阿虞的家了。试想：有什么愚蠢的强盗会不抢财主去抢穷主吗？

　　"强盗是最贫苦的人，财主的钱给强盗抢些去是好的。"他们有这种思想吗？没有！他们恨强盗，他们怕强盗，一百个里面九十九个半要想做财主。那么他们为什么不去驱逐强盗呢？甚至连大家不集合起来大声的恐吓强盗呢？他们和财主有什么冤恨吗？没有！他们尊敬财主，他们中有不必向财主借钱的人，也都和财主要好！他们只是保守着一个原则："管自己！"

　　锣声约莫响了五分钟之久停止了。

　　风在各处巡游，路上静静的没有一个人走动。屋中多透出几许灯光，但是屋中人都像沉睡着的一般。

　　半点钟之后，财主的屋门外有一盏灯笼，一个四五十岁的木匠——他是财主最亲的族内人——和一个相等年纪的粗做女工——她是财主屋旁的小屋中的邻居——隔着门在问门内的管门人：

"去了吗？"

"去了。"

"几个人？"

"一个。是贼！"

"哦，哦！偷去什么东西？"

"七八只皮箱。"

"贵重吗？"

"还好。要你们半夜到这里来，真真对不起！"

"笑话，笑话！明天再见罢！"

"对不起，对不起！"

这两人回去之后，路上又沉寂了。数分钟后，前后屋中的火光都消灭了。

于是黑暗又继续的统治了这世界，风仍在四处独自的巡游，低声的打着碍哨。

五

第二天，财主失窃后的第一天，曙光才从东边射出来的时候，有许多人向财主的屋内先后的走了进去。

他们，都是财主的本村人，和财主很要好。他们痛恨盗贼，他们都代财主可惜，他们没有吃过早饭仅仅的洗了脸便从财主的屋前屋后走了出来。他们这次去并不是想去吃财主的早饭，他们没有这希望，他们是去"慰问"财主——仅仅的慰问一下。

"昨晚受惊了，阿哥。"

"没有什么。"财主泰然的回答说。

"这真真想不到！——我们昨夜以为是那里起了火，起来一看，四面没有火光，过一会锣也不敲了，我们猜想火没有穿屋，当时救灭了，我们就睡了。……"

"哦，哦！……"财主笑着说。

"我们也是这样想！"别一个人插入说。

"我们倒疑是抢劫，只是想不到是你的家里……"又一个人说。

"是哪，铜锣多敲几下，我们也许听清楚了。……"又一个人说。

"真是，只敲一会儿。我们又都是矇矇眬眬眬眬的。"又一个人说。

"如果听出是你家里敲乱锣，我们早就拿着扁担，门闩来了。"又一个人说。

"哦，哦！哈哈！"财主笑着说。表示感谢的样子。

"这还会不来！王家桥的男子又多！"又一个人说。

"我们也来的！"又是一个。

"自然，我们不会看着的！"又是一个。

"一二十个强盗也抵不住我们许多人！"又是一个。

"只是夜深了，未免太对不住大家！——哦，昨夜也够惊扰你们了，害得你们睡不熟，现在又要你们走过来，真真对不起！"财主对大家道谢说。

"没有什么，没有什么！"大家都齐声的回答。

"昨夜到底有几个强盗？"一个人问。

"一个。不是强盗，是贼！"

"呀，还是贼吗？偷去什么？"

"偷去八只皮箱。"

"是谁的？新娘子的？"

"不是。是老房的，我的先妻的。"

"贵重不贵重？"

"还好，只值一二百元。"

"是怎样走进来的，请你详细讲给我们听听。"

"好的，"于是财主便开始叙述昨夜的事情了。"半夜里，我正睡得很熟的时候，我的妻子把我推醒了。他轻轻的说要我仔细听。于是我听见后房有脚步声，移箱子声。我怕，我不知道是贼，我总以为是强盗。我们两人听了许久不敢做声，过了半点钟，我听见没有撬门声，知道并不想到我的房里来，也不见有灯光，才猜到是贼。于是听到贼拿东西出去时，我们立刻翻起身来，拿了床底下的铜锣，狠命的敲，一面紧紧的推着房门。这样，屋内的人都起来了，贼也走了。贼是用竹竿爬进来的，这竹竿还在院子内。大约他进了墙，便把东边的门开开，又把园内的篱笆门开开，留好了出路。他起初是想偷新娘子的东西。他在新房的窗子旁的板壁上挠了一个大大的洞，但是因为里面钉着洋铁，他没有法子想，到我的后房来了。凑巧巷堂门没有关，于是他走到后房门口，把门撬了开来。……"

这时来了几个人，告诉他离开五六百步远的一个墓地中，遗弃着几只空箱子。小碶头来了十几个警察和一个所长。于是这些慰问的人都退了出来。财主作揖打躬的比以前还客气，直送他们到大门外。慰问的客越来越多了。除了王家桥外，远处也有许多人来。

下午，在人客繁杂间，来了一个新闻记者，这个新闻记者是宁波 S 报的特约通讯员，他在小碶头的一个小学校当教员。财主照前的详细讲给他听。

"那么，先生对于本村人，就是说对于王家桥人，满意不满意，他们昨夜听见锣声不来援助你？"新闻记者听了财主的详细的叙述以后，问。

"没有什么不满意。他们虽然没有来援助我，但是他们现在并不来破坏我。失窃是小事。"财主回答说。

"唔，唔！"新闻记者说，"现今，外地有一班讲共产主义者都说富翁的钱都是从穷人手中剥夺去的，他们都主张抢回富翁的钱，他们说这是真理，先生，你听见过吗？"

"哦哦！这，我没有听见过。"

"现在有些人很不满意你们本村人坐视不助，但照鄙人推测，恐怕他们都是和共产党有联络的。鄙人到此不久，不识此地人情，不知先生以为如何？"

"这绝对没有的事情！"财主决然的回答说。

"有些人又以为本村人对于有钱可借有势可靠的财主尚不肯帮助，对于无钱无势的人家一定要更进一步而至于欺侮了。——但不知他们对于一般无钱无势的人怎么样？先生系本地人必所深识，请勿厌啰嗦，给我一个最后的回答。"

"唔，唔，本村人许是不至于罢！"财主想了一会，微笑的回答说。于是新闻记者便告辞退了出来。

慰问的客踏穿了财主的门限，直至三日五日后，尚有不少的人在财主的屋中进出。听说一礼拜后，财主吃了一斤十全大补丸。

（选自小说散文集《柚子》，1926 年 10 月，北新书局）

黄金

  陈四桥虽然是一个偏僻冷静的乡村，四面围着山，不通轮船，不通火车，村里的人不大往城里去，城里的人也不大到村里来。但每一家人家却是设着无线电话的，关于村中和附近地方的消息，无论大小，他们立刻就会知道，而且，这样的详细，这样的清楚，仿佛是他们自己做的一般。例如，一天清晨，桂生婶提着一篮衣服到河边去洗涤，走到大门口，遇见如史伯伯由一家小店里出来，一眼瞥去，看见他手中拿着一个白色的信封，她就知道如史伯伯的儿子来了信了，眼光转到他的脸上去，看见如史伯伯低着头一声不响的走着，她就知道他的儿子在外面不很如意了，倘若她再叫一声说，"如史伯伯，近来萝菔很便宜，今天我和你去合买一担来好不好？"如史伯伯摇一摇头，微笑着说，"今天不买，我家里还有菜吃，"于是她就知道如史伯伯的儿子最近没有钱寄来，他家里的钱快要用完，快要……快要……了。

  不到半天，这消息便会由他们自设的无线电话传遍陈四桥，由家家户户的门缝里窗隙里钻了进去，仿佛阳光似的，风似的。

  的确，如史伯伯手里拿的是他儿子的信；一封不很如意的信，最近，信中说，不能寄钱来。的确，如史伯伯的钱快要用完了，快要……快要……

  如史伯伯很忧郁，他一回到家里便倒在藤椅上，躺了许久，随后便在房子里踱来踱去，苦恼地默想着。

  "悔不该把这些重担完全交给了伊明，把自己的职务辞去，现在……"他想，"现在不到二年便难以维持，便要摇动，便要撑持不来原先的门面了……

悔不该——但这有什么法子想呢？我自己已是这样的老，这样的衰，讲了话马上就忘记，算算账常常算错，走路又踉踉跄跄，谁喜欢我去做账房，谁喜欢我去做跑街，谁喜欢我……谁喜欢我呢？"

如史伯伯想到这里，忧郁地举起两手往头上去抓，但一触着头发脱了顶的光滑的头皮，他立刻就缩回了手，叹了一口气，这显然是悲哀侵占了他的心。觉得自己老得不堪了。

"你总是这样的不快乐，"如史伯母忽然由厨房里走出来，说，她还没有像如史伯伯那么老，很有精神，一个肥胖的女人，但头发也有几茎白了。"你父母留给我们的只有一间破屋，一口破衣橱，一张旧床，几条板凳，没有田，没有多的屋。现在，我们已把家庭弄得安安稳稳，有了十几亩田，有了几间新屋，一切应用的东西都有，不必再向人家去借，只有人家向我们借，儿子读书知礼，又很勤苦——弄到这步田地，也够满意了，你还是这样忧郁的做什么！"

"我没有什么不满意，"如史伯伯假装出笑容，说，"也没有什么不快乐，只是在外面做事惯了，有吃有笑有看，住在家里冷清清的，没有趣味，所以常常想，最好是再出去做几年事，而且，儿子书虽然读了多年，毕竟年纪还轻，我不妨再帮他几年。"

"你总是这样的想法，儿子够能干了，放心罢。——哦，我昨晚做了一个梦，忘记告诉你了，我看见伊明戴了一顶五光十色的帽子，摇摇摆摆的走进门来，后面七八个人抬着一口沉重的棺材，我吓了一跳，醒来了。但是醒后一想，这是一个好梦。伊明戴着五光十色的帽子，一定是做了官了；沉重的棺材，明明就是做官得来的大财。这几天，伊明一定有银信寄到的了。"如史伯母说着，不知不觉地眉飞色舞的欢喜起来。

听了这个，如史伯伯的脸上也现出了一阵微笑，他相信这帽子确是官帽，棺材确是财。但忽然想到刚才接得的信，不由得又忧郁起来，脸上的笑容又飞散了。"这几天一定有钱寄到的，这是一个好梦。"她又勉强装出笑容，说。

刚才接到了儿子一封信，他没有告诉她。

第二天午后，如史伯母坐在家里寂寞不过，便走到阿彩姆家里去。阿彩姆平日和她最谈得来，时常来往，她们两家在陈四桥都算是第二等的人家。

但今天不知怎的，如史伯母一进门，便觉得有点异样：那时阿彩婶正侧面的立在巷子那一头，忽然转过身去，往里走了。

"阿彩婶，午饭吃过吗？"如史伯母叫着说。

阿彩婶很慢很慢的转过头来，说，"啊，原来是如史伯母，你坐一坐，我到里间去去就来。"说着就进去了。

如史伯母是一个聪明人，她立刻又感到了一种异样：阿彩婶平日看见她来了，总是搬凳拿茶，嘻嘻哈哈的说个不休，做衣的时候，放下针线，吃饭的时候，放下碗筷。今天只隔几步路侧着面立着，竟会不曾看见，喊她时，她只掉过头来，说你坐一坐就走了进去，这显然是对她冷淡了。

她闷闷地独自坐了约莫十五分钟，阿彩婶才从里面慢慢的走了出来。

"真该死！他平信也不来，银信也不来，家里的钱快要用完了也不管！"阿彩婶劈头就是这样说。"他们男子都是这样，一出门，便任你是父亲母亲，老婆子女，都丢开了。"

"不要着急，阿彩叔不是这样一个人。"如史伯母安慰着她说。但同时，她又觉得奇怪了：十天以前，阿彩婶曾亲自对她说过，她还有五百元钱存在裕生木行里，家里还有一百几十元，怎的今天忽然说快要用完了呢？……

过了一天，这消息又因无线电话传遍陈四桥了：如史伯伯接到儿予的信后，愁苦得不得了，要如史伯母跑到阿彩婶那里去借钱，但被阿彩婶拒绝了。

有一天是裕生木行老板陈云廷的第三个儿子结婚的日子，满屋都挂着灯结着彩，到的客非常之多。陈四桥的男男女女都穿得红红绿绿，不是绸的便是缎的。对着外来的客，他们常露着一种骄矜的神气，仿佛说：你看，裕生老板是四近首屈一指的富翁，而我们，就是他的同族！

如史伯伯也到了。他穿着一件灰色的湖绉棉袍，玄色大花的花缎马褂。他在陈四桥的名声本是很好，而且，年纪都比别人大，除了一个七十岁的阿瑚先生。因此。平日无论走到哪里，都受族人的尊敬。但这一天不知怎的，他觉得别人对他冷淡了，尤其是当大家笑嘻嘻地议论他灰色湖绉棉袍的时候。

"呵，如史伯伯，你这件袍子变了色了，黄了！"一个三十来岁的人说。

"真是，这样旧的袍子还穿着，也太俭省了，如史伯伯！"绰号叫做小耳朵的珊贵说，接着便是一阵冷笑。

"年纪老了还要什么好看，随随便便算了，还做什么新的，知道我还能活……"如史伯伯想刘今天是人家的喜期，说到"活"字便停了口。

"老年人都是这样想，但儿子总应该做几件新的给爹娘穿。"

"你听，这个人专门说些不懂世事的话，阿凌哥！"如史伯伯听见背后稍远一点的地方有人这样说。"现在的世界，只有老子养儿子，还有儿子养老子的吗？你去打听打听，他儿子出门了一年多，寄了几个钱给他了！年轻的人一有了钱，不是赌就是嫖，还管什么爹娘！"接着就是一阵冷笑。

如史伯伯非常苦恼，也非常生气，这是他第一次听见人家的奚落。的确，他想，儿子出门一年多，不曾寄了多少钱回家，但他是一个勤苦的孩子，没有一刻忘记过爹娘，谁说他是喜欢赌喜欢嫖的呢？

他生着气踱到别一间房子里去了。

喜酒开始，大家嚷着"坐，坐"，便都一一的坐在桌边。没有谁提到如史伯伯，待他走到，为老年人而设，地位最尊敬，也是他常坐的第一二桌已坐满了人，次一点的第三第五桌也已坐满，只有第四桌的下位还空着一位。

"我坐到这一桌来，"如史伯伯说着，没有往凳上坐。他想，坐在上位的品生看见他来了，一定会让给他的。但是品生看见他要坐到这桌来，便假装着不注意，和别个谈话了。

"我坐到这一桌来，"他重又说了一次，看有人让位子给他没有。

"我让给你，"坐在旁边，比上位卑一点地方的阿琴看见品生故意装做不注意，过意不去，站起来，坐到下位去，说。

如史伯伯只得坐下了。但这侮辱是这样的难以忍受，他几乎要举起拳头敲碗盏了。

"品生是什么东西！"他愤怒的想，"三十几岁的木匠！他应该叫我伯伯！平常对我那样的恭敬，而今天，竟敢坐在我的上位！……"

他觉得隔座的人都诧异的望着他，便低下了头。

平常，大家总要谈到他，当面称赞他的儿子如何的能干，如何的孝顺，他的福气如何的好，名誉如何的好，又有田，又有钱；但今天座上的人都仿佛没有看见他似的，只是讲些别的话。

没有终席，如史伯伯便推说已经吃饱，郁郁的起身回家。甚至没有走得几步，他还听见背后一阵冷笑，仿佛正是对他而发的。

"品生这东西！我有一天总得报复他！"回到家里，他气愤愤的对如史伯母说。

如史伯母听见他坐在品生的下面，几乎气得要哭了。

"他们明明是有意欺侮我们！"她嗄着声说，"咳，运气不好，儿子没有钱寄家，人家就看不起我们，欺侮我们了！你看，这班人多么会造谣言：不知哪一天我到阿彩婶那里去了一次，竟说我是向她借钱去的，怪不得她许久不到我这里来了，见面时总是冷淡淡的。"

"伊明再不寄钱来，真是要倒霉了！你知道，家里只有十几元钱了，天天要买菜买东西，如何混得下去！"

如史伯伯说着，又忧郁起来，他知道这十几元钱用完时。是没有地方去借的，虽然陈四桥尽多有钱的人家，但他们都一样的小器，你还没有开口，他们就先说他们怎样的穷了。

三天过去，第四天晚上，如史伯伯最爱的十五岁小女儿放学回来，把书包一丢，忍不住大哭了。如史伯伯和如史伯母好不伤心，看见最钟爱的女儿哭了起来，他们连忙抚慰着她。问她什么。过了许久，几乎如史伯母也要流泪了，她才停止啼哭，呜呜咽咽地说：

"在学校里，天天有人问我，我的哥哥写信来了没有，寄钱回来了没有。许多同学，原先都是和我很要好的，但自从听见哥哥没有钱寄来，都和我冷淡了，而且还不时的讥笑地对我说，你明年不能读书了，你们要倒霉了，你爹娘生了一个这样的儿子！……先生对我也不和气了，他总是天天的骂我愚蠢……我没有做错的功课，他也说我做错了……今天，他出了一个题目，叫做《冬天的乡野》，我做好交给他看，他起初称赞说，做得很好，但忽然发起气来，说我是抄的！我问他从什么地方抄来，有没有证据，他回答不出来，反而愈加气怒，不由分说，拖去打了二十下手心，还叫我面壁一点钟……"她说到这里又哭了，"他这样冤枉我……我不愿意再到那里读书去了！……"

如史伯伯气得呆了，如史伯母也只会跟着哭。他们都知道那位先生的脾气：对于有钱人家的孩子一向和气，对于没有钱人家的孩子只是骂打的，无论他错了没有。

"什么东西！一个连中学也没有进过的光蛋！"如史伯伯拍着桌子说，"只认得钱，不认得人，配做先生！"

"说来说去，又是自己穷了，儿子没有寄钱来！咳，咳！"如史伯母揩着女儿的眼泪说，"明年让你到县里去读，但愿你哥哥在外面弄得好！"

一块极其沉重的石头压在如史伯伯夫妻的心上似的，他们都几乎透不过气来了。真的穷了吗？当然不穷，屋子比人家精致，田比人家多，器用什物比人家齐备，谁说穷了呢？但是，但是，这一切不能拿去当卖！四周的人都睁着眼睛看着你，如果你给他们知道，那么你真的穷了，比讨饭的还要穷了！讨饭的，人家是不敢欺侮的；但是你，一家中等人家，如果给了他们一点点，只要一点点，穷的预兆，那么什么人都要欺侮你了，比对于讨饭的，对于狗，还厉害！……

过去了几天忧郁的时日，如史伯伯的不幸又来了。

他们夫妻两个只生了一个儿子，二个女儿：儿子出了门，大女儿出了嫁，现在住在家里的只有三个人。如果说此外还有，那便只有那只年轻的黑狗了。来法，这是黑狗的名字。它生得这样的伶俐，这样的可爱；它日夜只是躺在门口，不常到外面去找情人，或去偷别人家的东西吃。遇见熟人或是面貌和善的生人，它仍躺着让他进来，但如果遇见一个坏人，无论他是生人或熟人，它远远的就嗥了起来，如果没有得到主人的许可，他就想进来，那么它就会跳过去咬那人的衣服或脚跟。的确奇怪，它不晓得是怎样辨别的，好人或坏人。而它的辨别，又竟和主人所知道的无异。夜里，如果有什么声响，它便站起来四处巡行，直到遇见了什么意外，它才嗥，否则是不做声的。如史伯伯一家人是这样的爱它，与爱一个二三岁的小孩一般。

一年以前，如史伯伯做六十岁生辰那一天，来了许多客。有一家人家差了一个曾经偷过东西的人来送礼，一到门口，来法就一声不响的跳过去，在他的脚骨上咬了一口。如史伯伯觉得它这一天太凶了，在它头上打了一下，用绳子套了它的头，把它牵到花园里拴着，一面又连忙向那个人赔罪，拿药给他敷。来法起初嗥着，挣扎着，但后来就躺下了。酒席散后，有的是残鱼残肉，伊云，如史伯伯的小女儿，拿去放在来法的面前喂它吃，它一点也不吃，只是躺着。伊云知道它生气了，连忙解了它的绳子。但它仍旧躺着，不想吃。拖它起来，推它出去，它也不出去。如史伯伯知道了，非常的感动，觉得这惩罚的确太重了，走过去抚摩着它，叫它出去吃一点东西，它这才摇着尾巴走了。

"它比人还可爱!"如史伯伯常常这样的说。

然而不知怎的，它这次遇了害了。

约莫在上午十点钟光景，有人来告诉如史伯伯，说是来法跑到屠坊去拾肉骨吃，肚子上被屠户阿灰砍了一刀，现在躺在大门口嗥着。如史伯伯和如史伯母听见都吓了一跳，急急忙忙跑出去看，果然它躺在那里嗥，浑身发着抖，流了一地的血。看见主人去了。它掉转头来望着如史伯伯的眼睛。它的目光是这样的凄惨动人，仿佛知道自己就将永久离开主人，再也看不见主人，眼泪要涌了出来似的。如史伯伯看着心酸，如史伯母流泪了。他们检查它的肚子，割破了一尺多长的地方，肠都拖出来了。

"你回去，来法，我马上给你医好，我去买药来。"如史伯伯推着它说，但来法只是望着嗥着，不能起来。

如史伯伯没法，急忙忙地跑到药店里，买了一点药回来，给它敷上，包上。隔了几分钟，他们夫妻俩出去看它一次，临了几分钟，又出去看它一次。吃中饭时，伊云从学校里回来了。她哭着抚摩着它很久很久，如同亲生的兄弟遇了害一般的伤心，看见的人也都心酸。看看它哼得好一些，她又去拿了肉和饭给它吃，但它不想吃，只是望着伊云。

下午二点钟，它哼着进来了，肚上还滴着血。如史伯母忙找了一点旧棉花旧布和草，给它做了一个柔软的躺的窝，推它去躺着，但它不肯躺。它一直蹑进屋后，满房走了一遍，又出去了，怎样留它也留不住。如史伯母哭了。她说它明明知道自己不能活了，舍不得主人和主人的家，所以又最后来走一次，不愿意自己肮脏地死在主人的家里，又到大门口去躺着等死了，虽然已走不动。

果然，来法是这样的，第二天早晨，他们看见它吐着舌头死在大门口了。地上还流了一地的血。

"我必须为来法报仇! 叫阿灰一样的死法!"伊云哭着，诅咒说。

"咳! 不要做声，伊云，他是一个恶棍，没有办法的。受他欺侮的人多着呢！说来说去，又是我们穷了，不然他怎敢做这事情！……"说着，如史伯母也哭了起来。

听见"穷"字，如史伯伯脸色渐渐青白了，他的心撞得这样的厉害：犹如雷雨狂至时。一个过路的客人用着全力急急地敲一家不相识者的门，恨不得立时冲进门去的一般。

在他的账簿上，已只有十二元另几角存款。而三天后，是他们远祖的死忌，必须做两桌羹饭；供过后，给亲房的人吃，这里就须化六元钱。离开小年，十二月二十四，只有十几天，在这十几天内，店铺都要来收账，每一个收账的人都将说，"中秋没有付清，年底必须完全付清的，现在……"现在，现在怎么办呢？伊明不是来信说，年底不限定能够张罗一点钱，在二十四以前寄到家吗？……他几乎也急得流泪了。

三天过去，便是做羹饭的日子。如史伯伯一清早便提着篮子到三里外的林家塘去买菜。簿子上写着，这一天羹饭的鱼，必须是支鱼。但寻遍鱼摊，如史伯伯看不见一条支鱼，不得已，他买了一条米鱼代替。米鱼的价钱比支鱼大，味道也比支鱼好，吃的人一定满意的，他想。

晚间，羹饭供在祖堂中的时候，亲房的人都来拜了。大房这一天没有人在家，他们知道二房轮着吃的是阿安，他的叔伯兄弟阿黑今年轮不到吃，便派阿黑来代大房。

阿黑是一个驼背的泥水匠，从前曾经有过不名誉的事，被人家在屋柱上绑了半天。他平常对如史伯伯是很恭敬的。这一天不知怎样，他有点异样：拜过后，他睁着眼睛，绕着桌子看了一遍，像在那里寻找什么似的。如史伯母很注意他。随后，他拖着阿安走到屋角里，低低的说了一些什么。

酒才一巡，阿黑便先动筷箸鱼吃。尝了一尝，便大声的说：

"这是什么鱼？米鱼！簿子上明明写的是支鱼！做不起羹饭，不做还要好些！……"

如史伯伯气得跳了起来，说：

"阿黑，支鱼买不到，用米鱼代还不好吗？哪种贵？哪种便宜？哪种好吃？哪种不好吃？"

"支鱼贵！支鱼好吃！"

"米鱼便宜！米鱼不好吃！"阿安突然也站了起来说。

如史伯伯气得呆了。别的人都停了筷，愤怒地看着阿黑和阿安，显然觉得他们是无理的。但因为阿黑这个人不好惹，都只得不做声。

"人家儿子也有，却没有看见过连羹饭钱也不寄给爹娘的儿子！米鱼代支鱼！这样不好吃！"阿黑左手拍着桌子，右手却只是箸鱼吃。

"你说什么话！畜生！"如史伯母从房里跳了出来，气得脸色青白了。"没有良心的东西！你靠了谁，才有今天？绑在屋柱上，是谁把你保释的？你今天有没有资格说话？今天轮得到你吃饭吗？……"

"从前管从前，今天管今天！……我是代表大房！……明年轮到我当办，我用鲤鱼来代替！鸭蛋代鸡蛋！小碗代大碗！……"阿黑似乎不曾生气，这话仿佛并不是由他口里出来，由另一个传声机里出来一般。他只是喝一口酒，箸一筷鱼，慢吞吞地吃着。如史伯母还在骂他，如史伯伯在和别人谈论他不是，他仿佛都不曾听见。

几天之后，陈四桥的人都知道如史伯伯的确穷了：别人家忙着买过年的东西，他没有买一点，而且，没有钱给收账的人，总是约他们二十三，而且，连做羹饭也没有钱，反而给阿黑骂了一顿，而且，有一天跑到裕生木行那里去借钱，没有借到，而且，跑到女婿家里去借钱，没有借到，坐着船回来，船钱也不够，而且……而且……

的确，如史伯伯着急得没法，曾到他女婿家里去借过钱。女婿不在家里。和女儿说着说着，他哭了。女儿哭得更厉害。伊光，他的大女儿，最懂得陈四桥人的性格：你有钱了，他们都来了，对神似的恭敬你；你穷了，他们转过背去，冷笑你，诽谤你，尽力的欺侮你，没有一点人心。她小时，不晓得在陈四桥受了多少的气，看见了多少这一类的事情。现在，想不到竟转到老年的父母身上了。她越想越伤心起来。

"最好是不要住在那里，搬到别的地方去。"她哭着说，"那里的人比畜生还不如！……"

"别的地方就不是这样吗？咳！"老年的如史伯伯叹着气，说。他显然知道生在这世间的人都是一样的。

伊光答应由她具名打一个电报给弟弟，叫他赶快电汇一点钱来。同时她又叫丈夫设法，最后给了父亲三十元钱，安慰着，含着泪送她父亲到船边。

但这三十元钱有什么用呢？当天付了两家店铺就没有了。店账还欠着五十几元。过年不敬神是不行的，这里还需十几元。

在他的账簿上，只有三元另几个铜子的存款了！

收账的人天天来，他约他们二十三那一天一定付清。

十二月十六日，账簿上只有二元八角的存款……

"这样羞耻的发抖的日子，我还不曾遇到过……"如史伯伯颤动着语音，说。

如史伯母含着泪，低着头坐着，不时在沉寂中发出沉重的长声的叹息。

"啊啊，多福多寿，发财发财！"忽然有人在门外叫着说。

隔着玻璃窗一望，如史伯伯看见强讨饭的阿水来了。

他不由得颤动着站了起来。"这个人来，没有好结果，"他想着走了出来。

"啊，发财发财，恭喜恭喜！财神菩萨！多化一点！"

"好，好，你等一等，我去拿来。"如史伯伯又走了进来。

他知道阿水来到是要比别的讨饭的拿得多的，于是就满满的盛了一碗米出去。

"不行，不行，老板，这是今年最末的一次！"阿水远远的就叫了起来。

"那么你拿了，我再去盛一碗来。"如史伯伯知道，如果阿水说"不行"，是真的不行的。

"差得远，差得远！像你们这样的人家，米是不要的。"

"你要什么呢？"

"我吗？现洋！"阿水睁着两只凶恶的眼睛，说。

"不要说笑话，阿水，像我们这样的人家，哪里……"

"哼！你们这样的人家！你们这样的人家！我不知道吗？到这几天，过年货也还不买，藏着钱做什么！施一点给讨饭的！"阿水带着冷笑，恶狠狠地说。

"今年实在……"如史伯伯忧郁地说。

但阿水立刻把他的话打断了：

"不必多说，快去拿现洋来，不要耽搁我的工夫！"

如史伯伯没法，慢慢地进去了，从柜子里，拿了四角钱。正要出去，如史伯母急得跳了起来，叫着说：

"发疯了吗？一个讨饭的，给他这许多钱！"

"没有办法，没有办法！"如史伯伯低声的说着，又走了出去。

"四角吗？看也没有看见。我又不是小讨饭的。哼！"阿水忿然的说，偏着头，看着门外。"一千多亩田。二万元现金的人家，竟拿出这一点点来哄小孩子！谁要你的！"

"你去打听打听，阿水！我哪里有这许多……"

"不要多说！快去拿来！"阿水不耐烦的说。

如史伯伯又进去了，他又拿了两角钱。

"六角总该够了罢，阿水？我的确没有……"

"不上一元，用不着拿出来！钱，我看得多了！"阿水仍偏着头说。

这显然是没有办法的。如史伯伯又进去了。

在柜子里，只有两元另两角……

"把这角子统统给了他算了，罢，罢，罢！"如史伯伯叹着气说。

"天呀！你要我们的命吗？一个讨饭的要这许多钱！"如史伯母气得脸色青白，叫着跳了出去。

"哼！又是两角！又是两角！"阿水冷笑地说。

"好了，好了，阿水！明年多给你一点。儿子的钱的确还没有寄到，家里的钱已经用完了……"

"再要多，我同你到林家塘警察所去拼老命！看有没有这种规矩！"如史伯母暴躁的说。

"好好！去就去！哼！……"

"她是女人家，阿水，原谅她。我明年多给你一点就是了。"如史伯伯忍气吞声的说，在他的灵魂中，这是第一次充满了羞辱。

"既这样说，我就拿着走了，到底是男人家。哼！我是一个讨饭的。要知道，一个穷光蛋，什么事情都做得出来的！……"他拿了钱，喃喃的说着，走了。

走进房里，如史伯母哭了。如史伯伯也只会陪着流泪。

"阿水这东西，就是这样的坏！"如史伯伯非常气愤的说。"真正有钱的人家，他是绝不敢这样的，给他多少，他就拿多少。今天，他知道我们穷了，故意来敲诈。"

忽然，他想到柜子里只有两元，只有两元了……

他点了一炷香，跑到厨房里，对着灶神跪下了……不一会，如史伯母也跑进去在旁边跪下了……

……两个人口里喃喃的祷祝着，面上流着泪……

十二月二十二日的清晨，如史伯伯捧着账簿，失了魂似的呆呆地望着。簿子上很清楚的写着：尚存小洋八角。

"啊，这是一个好梦！"如史伯母由后房叫着说，走了出来。她的脸上露着希望的微笑。

"又讲梦话了！日前不是做了不少的好梦吗？但是钱呢？"如史伯伯皱着眉头说。

"自然会应验的，昨夜，"如史伯母坚决地相信着，开始叙述她的梦了，"不知在什么地方，我看见地上泼着一堆饭，'罪过，饭泼了一地，'我说着用手去拾，却不知怎的，到手就烂了，像浆糊似的，仔细一看，却是黄色的粪。'啊，这怎么办呢，满手都是粪了。'我说着，便用衣服去揩手，那知揩来揩去，只是揩不干净，反而愈揩愈多，满身都是粪了。'用水去洗罢，'我正想着要走的时候，忽然伊明和几个朋友进来了。'啊，慢一点！伊明慢一点进来！'我慌慌张张叫着说，着急了，看着自己满身都是粪，满地都是粪。'不要紧的，妈妈，都是熟人，'他说着向我走来，我慌慌张张的往别处跑，跑着跑着，好像伊明和他的朋友追了来似的。'怎么办呢，怎么办呢，满身都是粪！'我叫着醒来了。你说，粪不就是黄金吗？呵，这许多……"

"不见得应验。"如史伯伯说。但想到梦书上写着"梦粪染身，主得黄金"，确也有点相信了。

然而这不过是一阵清爽的微风，它过去后，苦恼重又充满了老年人的心。

来了几个收账的人，严重的声明，如果明天再不给他们的钱，他们只得对不住他，坐索了……

时日在如史伯伯夫妻是这样的艰苦，这样的沉重，他们俩都消瘦了，尤其是如史伯伯。他觉得自己仿佛是一匹拖重载的驴子，挨着饿，耐着苦，忍着叱咤的鞭子，颠踬着在雨后泥途中行走。但前途又是这样的渺茫，没有一线光明，没有一点希望。时光留住着罢，不要走近年底！但它并不留住，它一天一天的向这个难关上走着。迅速地跨过这难关罢！但他却有意延宕，要走不走的徘徊着。咳，咳……

夜上来了。他们睡得很迟。他近来常常咳嗽，仿佛有什么梗在他的喉咙里一般。

时钟警告地敲了十二下。四周非常的沉寂。如史伯伯也已人在睡眠里。

钟敲二下，如史伯伯又醒了。他记得柜子里只有小洋八角，他预算二十四那一天就要用完了。伊明为什么这几天连信也没有呢？伊光打去的电报没有收到吗？来不及了，来不及了，现在已是二十三，最末的一天，一切店铺里的收账人都将来坐索了！这是一种什么样的耻辱！六十年来没有遇到过！不幸！不幸！忽然，他倾着耳朵细听了，仿佛有谁在房子里轻着脚步走动似的。

"谁呀？"

但没有谁回答，轻微的脚步出去了。

"啊！伊云的娘！伊云的娘！起来！起来！"他一面叫着，一面翻起身点灯。

如史伯母和伊云都吓了一惊，发着抖起来了。

衣橱门开着，柜子门也开着，地上，放着两只箱子，外面还丢着几件衣服。

"有贼！有贼！"如史伯伯敲着板壁，叫着说。

住在隔壁的是南货店老板松生，他好像没有听见。

如史伯母抬头来看，衣橱旁少了四只箱子，两只在地上，两只不见了。

"打！打！打贼！打贼！"如史伯伯大声的喊着，但他不敢出去。如史伯母和伊云都牵着他的衣服，发着抖。

约莫过去了十五分钟，听听没有动静，大家渐渐镇静了。如史伯伯拿着灯，四处的照，从卧房里照起，直照到厨房。他看见房门上烧了一个洞，厨房的砖墙挖了一个大洞。

如史伯母检查一遍，哭着说把她冬季的衣服都偷去了。此外还有许多衣服，她一时也记不清楚。

"如果，"她哭着说，"来法在这里，绝不会让贼进来的。……仿佛他们把来法砍死了，就是为的这个……阿灰不是好人，你记得。我已经好几次听人家说他的手脚靠不住……明天，我们到林家塘警察所去报告，而且，叫他们注意阿灰。"

"没有钱，休提起警察！"如史伯伯狠狠的说，"而且，你知道，明天如果儿子没有钱寄来，不要对人家说我们来了贼。不然，就会有更不好的名声加到我们的头上，一班人一定会说这是我们的计策，假装出来了贼，可以赖钱。你想，你想，……在这样的世界上，最好是不要活着！……"

如史伯伯叹了一口气，躺倒在藤椅上，昏过去了。

但过了一会，他的青白的脸色渐渐绯红起来，微笑显露在上面了。

他看见阳光已经上升，充满着希望和欢乐的景象。阿黑拿着一个极大的信封，驼背一耸一耸地颠了进来，满面露着笑容，嘴里哼着恭喜。恭喜。信封上印着红色的大字，什么司令部什么处缄。红字上盖着墨笔字，是清清楚楚的"陈伊明"。如史伯伯喜欢得跳了起来。拆开信，以下这些字眼就飞进他的眼里：

……儿已在……任秘书主任……兹先汇上大洋二千元，新正……再当亲解价值三十万元之黄金来家……

"呵！呵！……"如史伯伯喜欢得说不出话了。

门外走进来许多人，齐声大叫："老太爷！老太太！恭喜恭喜！"

阿黑，阿灰，阿水都跪在他们的前面，磕着头……

（选自短篇小说集《黄金》，1928 年 5 月。上海人间书店）

毒药

　　一天下午，光荣而伟大的作家冯介先生正在写一篇故事的时候，门忽然开开了。走进来的是一个十七岁的青年，他的哥哥的儿子。问了几句关于学校生活的话，他就拿了一本才出版的书给他的侄儿看。书名叫做《天鹅》，是他最得意的一部杰作。冯介先生的文章，在十年以前，已轰动全国。读了他的文章，没有一个不感动，惊异，赞叹，认为是中国最近的唯一的作家。代他发行著作的书店，只要在报纸上登一个预告，说冯介先生有一本书在印刷，预约的人便纷至沓来，到出书的那一天，拿了现钱来购买的人往往已买不到了。即如《天鹅》这本书，初版印了五千部，第三天就必须赶紧再版五千。许多杂志的编辑先生时常到他家里来谈天，若是发现了他在写小说，无论只写了一半或才开始，便先恳求他在那一个杂志上发表，并且先付了很多的稿费，免得后来的人把他的稿子拿到别的地方去发表。酷爱他的作品的读者屡次写信给他，恳求见他一面，从他那里出去便如受了神圣的洗礼，换了一个灵魂似的愉快。如其得到冯介先生的一封短短的信，便如得到了宝一般，觉得无上的光荣。

　　"小说应怎样着手写呢，叔叔？"沉没在惊羡里的他的侄儿敬谨而欢乐地接受了《天鹅》，这样的问。

　　这在冯介先生，已经听得多了。凡一般憧憬于著作的青年或初进的作家，常对他发这样的问话，希冀在他的回答中得到一点启发和指示。他的侄儿也已不止一次的这样问他。

听了这话，冯介先生常感觉一种苦恼，皱着眉头，冷冷的回答说，"随你自己的意思，喜欢怎样，就怎样着手。"

但这话显然是空泛的，不能满足问者的希冀。于是这一天他的侄儿又问了：

"先想好了写，还是随写随想呢，叔叔？"

"整个的意思自然要先想好了才写。"

"我有时愈写愈多，结果不能一贯，非常的散漫，这是什么原因呢？"

"阿，作文法书上不是常常说，搜集材料之后，要整理。要删削，要像裁缝拿着剪刀似的，把无用的零碎边角剪去吗？"

于是他的年青的侄儿像有所醒悟似的，喜悦而且感激的走了出去。

但冯介先生烦恼了。他感觉到一种不堪言说的悲哀。他觉得自己好像在不知不觉中已把这个青年拖到深黑的陷阱中，离开了美丽的安乐的世界；他觉得自己既用毒药戕害了自己的生命和无数的青年，而今天又戕害了自己年轻的可爱的侄儿，且把这毒药授给了他，教唆他去戕害其他的青年的生命。

这时，一幅险恶的悲哀的图画便突然高高地挂在光荣的作家的面前，箭似的刺他的眼，刺他的心，刺他的灵魂……

二十岁的时候，他在北京的一个大学校里读书。那时显现在他眼前的正是美丽的将来，绕围着的是愉快的世界。他不知道什么叫做痛苦，对于一切都模糊，朦胧。烦恼如浮云一般，即使有时他偶然的遇着，不久也就不留痕迹的散去了。他自己也有一种梦想，正如其他的青年一般，但那梦想在他是非常的甜蜜的。

因为爱好文艺，多读了一点文学书，他有一天忽然兴致来了，提起笔写了一篇短短的故事。朋友们看了都说是很好的作品，可以发表出去，于是他便高兴地寄给了一家报馆。三天后，这篇故事发表了。相熟的人都对他说，他如果努力的写下去是极有希望的。过了不久，上海的某一种报纸而且将他的故事转载了出来。这使他非常的高兴，又信笔作了一篇寄去发表。这样的接连发表了四五篇，他得了许多朋友的惊异，赞赏。从此他相信在著作界中确有成就的希望，便愈加努力了。

然而美丽的花草有萎谢的时候，光辉的太阳有阴暗的时候，他的命运不能无外来的打击：为了不愿回家和一个不相爱不相熟的女子结婚，激起了父母极大的愤怒，立刻把他的经济的供给停止了。这使他不能再继续地安心读书，不得不跑到一个远的地方去教书。工作和烦恼占据着他，他便有整整的一年多不曾创作。

生活逼迫着他，常使他如游丝似的东飘西荡。一次，他穷得不堪时，忽然想起寄作品给某杂志是有稿费可得的，便写了几千字寄了去。不久，他果然收到了十几元钱。这样的三次五次。觉得也是一种于己于人两无损害的事情，又常常创作了。

有时，他觉得为了稿费而创作是不对的。好的文学作品应该是自然流露出来的产物。为了稿费而创作，有点近于榨取。但有时他又觉得这话不完全合于事实。有好几篇小说，他在二三年前早想好了怎样的开始，怎样的描写，用什么格调，什么样的情节，什么样的人物，怎样的结束，以及其他等等。动笔写，本是要有一贯的精神，特别的兴致的。现在把这种精神和兴致统辖在稿费的希望之下，也不能说写出来的一定不如因别的动机写出来的那么好。或者，他常常这样想，榨出来的作品比别的更好一点也说不定，因为那时有一种特别的环境，特别的压迫，特别的刺激和感触，可以增加作品的色彩，使作品更其生动有力。

但这种解释在一般人看起来似乎是一种强辩。编辑先生自从知道他创作是因了稿费，便对他冷淡了。读者，不愿再看他的小说了。稿子寄出去，起初是压着压着迟缓的发表，随后便老实退还了给他。

"这篇稿子太长了，我们登不下，"编辑先生常常这样的对他说，把稿子退还了给他。有时又这样说，"这篇太短了，过于简略。"

在读者的中间常常这样说，"冯介的小说受了S作者的影响，但又不是正统的传代者，所以不值得看。"

一次，一个朋友以玩笑而带讥刺的写信给他说，"你的作品好极了，但翻了一万八千里路的筋斗终于还跳不出作家x君的手心！"

一位公正的批评家在报纸上批评说，"冯介的小说是在模仿N君！"

这种种的刺激使他感觉到一种耻辱，于是他搁笔不写了，虽然他觉得编辑先生的可笑，读者的浅薄。

二年后的一天，他在街上走，无意中遇见了一个久不相见的朋友。那个朋友到这里还只两月。他问了问冯介近来的生活之后，便请冯介给他自己主编的将要出版的月刊做文章。冯介告诉他以前做文章所受的奚落，表示不肯再执笔。

"读者的批评常是不对的，可以不必管他！至于文章的长短，我都发表，你尽管拿来。稿费从丰！"那个朋友说。

一种说不出的喜悦和感激从他的心底里涌了出来，他觉得这个朋友对于读者有特殊的眼光，对于他有热心扶助的诚意。这时他的生活正艰苦得厉害，便决计又开始创作了。

"别个的稿费须等登出来了以后才算给，但你，"那个朋友接到了他的稿子，说，"我知道很穷，今天便先给你带了回去。"

"多谢你的帮助！"他接了稿费，屡屡这样的说。

但是编辑先生照例是很忙的。他拿了稿子去，以遇不着人，把稿子交给门房，空手回来的次数较多。回来后，他常写这样的信去：

"好友，送上的稿子想已收到。我日来窘迫万状。恳你先把我的稿费算给我，以救燃眉。拜托拜托！"

有几次，不知是邮差送错了，还是那里的门房没有交进去，他等了好久终于没有接到回信。连连去了感激而又拜托的信，都没有消息。

"来信读悉，因忙，未能早复，请恕。弟与兄友谊至厚，今兄在患难中需弟帮助，弟安得不尽绵力。稿费容嘱会计课早日送奉可也。"有时编辑先生似乎特别闲空而且高兴，回信来了。

但会计课也是很忙的。接到通知后他们一时还无暇算他的稿费。稿费虽然只有十几元，然而除去标点符号和空白一字一字的数字数，却是一件艰苦的工作，等待了几天，常使他又不得不亲自跑到会计课去查问。

"昨日已经叫收发课送去了。"会计先生回答说。

收发课同样是忙碌得非常。他们不管他正饿着肚子望眼欲穿的在那里等候，仍须迟缓几天。

这种情形使他感觉得烦恼，羞耻，侮辱。费尽了自己的脑和力及时间，写出来的东西，得到一点酬资，原是分内的事。但他却须对人家表示感激，乞丐似的伸出手去恳求，显出自己是一个穷迫可怜的动物。时时只听见人家恩惠的说，"你穷，你可怜，我救你！……"同时又仿佛听见人家威吓似的说，"你的生命就在我的手中！我要你活下去就活下去，要你死就死！……"即使是会计先生，收发课的人，或一个不重要的送信者，都可以昂然的对他表示这种骄傲，这种侮辱。他觉得卖稿子远不如在马路上的肩贩，客人要买什么货时，须得问问他的价钱，合便卖，不合便不卖，当场拿出现钱来，一面交出货去，各无恩怨的走散。只有稿子寄了去不能说一声要多少稿费，编辑先生收受了，还须对他表示感激。不收受，就把它捻做一团丢人字纸篓，不能说一句话，还须怪自己献丑。侥幸的给了稿费，无论一元钱一千字或五角钱一千字，随他们自己的意思，你都须感激。如果人家说，"你穷，我帮助你，收受你的稿子，给你稿费。"你就须感激，感激，而又感激！像被鞭挞的牛马对于宽恕它的主人一般，像他救了你一条命，恩谊如山一般……

想着想着，他几乎又不愿再写小说了。然而，生活的压迫也正是一个重大的难题。如其他的平凡的人一般，他只得先来解决物质上的问题，忍垢含辱的依旧写些小说。

三年过去，他的小说集合起来竟有了厚厚的三本。他便决计去找书店印单行本。严密的重新检阅了几遍，他觉得也还不十分粗糙。在这些小说里面，他看见了自己的希望和失望，快乐和痛苦，泪和血，人格与灵魂。

"无论人家怎样批评，只要我自己满意就是了。"他想着就开始去寻觅出版的书店。

S城的商业虽然繁盛，书店虽然多至数十家，但愿意给他印书的却不容易找到。书店的经理不是说资本缺乏，便是说经费支绌。其实无非因为他是一个不出名的作家。怕出版后销路不好罢了。

找了许多书店，稿子经过了许多商人的审查，搁了许多时日，他的第一部小说集才被一家以提倡新文化为目的的书店留住。

"这部书销路好坏尚难预测，我们且印六百本看看再说。"这家书店的经理这样说。于是他才欢喜地满足的走了。

六个月后，这部书出版了。他所听见的批评倒也还好，这叫他很喜欢。

三个月后，忽然想到这部小说集的销路，便写信去问书店的经理。

"销路很坏，不知何日方能售完。……"回信这样说。

这使他非常的愤怒，对于读者，他眼看着一般研究性的或竟所谓淫书，或一些无聊的言情小说之类的书印了三千又三千，印了五千又五千，而对于他这部并不算过坏的文艺作品竟冷落到如此。

"没有眼睛的读者！"他常常气愤地说。

年节将近的一天，他正为着节关经费的问题向一个朋友借钱去回来，顺路走过这一家书店，便信步走了进去。

"啊，先生，你这部书销路非常之坏！"书店的经理先生劈头就是这一句话。

他阑珊地和经理先生谈了一些闲话，正想起身走时。忽然走进来一个提着黑色皮包的人。寒暄了几句，那个人便开开皮包，取出一大叠的揭单。一张一张的提给经理先生说，"这是《恋爱问题研究》的账，五千部，计……这是《性生活》的账。计……《恋爱信札》……《微风》……《萍踪》……《夜的》……"

正在呆坐着想些别的事情的他，忽然模糊地听见"夜的"两字，他知道是算到自己的《夜的悲鸣》了，便不知不觉的抬起头来。同时，他看见经理先生伸出一只大的手，把账单很快的抢过去，匆促而不自然的截断印刷店里的收账员的话，说：

"不必多说了！统统交给我罢！我明天仔细查对。"

在经理先生大的手指缝里，他明白地看见账单上这样的写着：

"一千五百本……"

"哦！"他几乎惊异地叫了出来。

"年底各处的账款多吗？"经理先生一面问，一面很快的开开抽屉，把账单往里面一塞，便得的又锁上了。

他回来后愤怒地想了又想，越想越气。这明明是书店作了弊，在那里哄骗他。本来印六百部就不近人情：排字好不容易，上版好不容易。印刷费愈印多愈算，他印六百部价钱贵了许多，赚什么钱，开什么书店？

他气愤愤地在家里坐了一会，又走了出去，想去质问书店。但走到半路上又折回了。他觉得商人是不易惹的。他存心偷印，你怎样也弄不过他。他可以把账单改换，可以另造一本假的账簿给你看，可以买通印刷所。你要同他打官司，他有的是钱！著作家，是一个穷光蛋！

他想来想去，觉得只有委屈地把这怒气按捺下去，转一个方向，向他要版税。于是他就很和气地写了一封信去。

"《夜的悲鸣》销路不好，到现在只卖去了一百多本，还都不是现款。年内和各店结清了账目，收到书款后，照本店的定例，明年正月才能付先生的版税。……"回信这样说。

"照本店的定例！"他觉得捧出这种法律似的定例来又是没有办法的了，虽然在事实或理论上讲不通，著作家也要过年节，也要付欠账，也要吃饭！于是他又只好转一个方向，写一封信向经理先生讲人情了：

"年关紧迫，我穷得不得了，务请特别帮我一个忙，把已售出去的一百多本书的版税算给我，作为借款，年外揭账时扣下。拜恳拜恳！……"

这样的信写了去，等了四五天终于没有回信。于是他觉得只有亲自去找经理先生。但年关在即，经理先生显然是很忙的。他去了几次，店里的伙计都回说不在家。最后，他便留了一个条子：

"前信想已收到……好在数目不大……如蒙帮忙，真比什么还感激！……"

又等了三四天，回信来了。那是别一个人所写的，经理先生只亲笔签了一个名字。然而他说得比谁还慷慨，比谁还穷：

"可以帮忙的时候，我没有不尽力帮忙。如在平时，即使先生要再多借一点也可以。但现在过年节的时候，我们各处的账款都收不拢来，各处的欠款又必须去付清。照现在的预算，我们年内还缺少约近一万元之谱。先生之款实难如命……"

这有什么办法呢？即使你对他再说得恳切一点，或甚至磕几十个响头，眼见得也是没有效力的了！

艰苦地捱过了年关。等了又等。催了又催，有一天版税总算到了手。精明的会计先生开了一张单子，连二百十一本的"一"字都不曾忽略，而每册定价五角，值百抽十二，共计版税洋十二元六角六分的"六分"也还不曾抹去。

对着这十二元六角六分，他只会发气。版税抽得这样的少，他连听也不曾听见过！怪不得商人都可以吃得大腹便便，原来他们的滋养品就是用欺诈，掠夺而来的他人的生命！在编辑先生和书店经理先生的重重压迫之下，他觉得自己仿佛是一条蠕虫或比蠕虫还可怜的动物。无论受着如何的打击，他至多只能缩一缩身子。有时这打击重一点，连缩一缩身子也不可能，就完结了。

他灰心而且失望的，又委屈地受了其他经理先生的欺侮，勉勉强强又把第二集第三集的小说都出了版。

一年后，暴风雨过去了。在他命运的路上渐渐开了一些美丽的花：有几种刊物上，常有称赞他的小说的文章，有几个编辑先生渐渐来请他做文章，书店的经理也问他要书稿了。

在狂热的称赞和惊异中，他不知怎的竟在二年后变成了一个人人钦仰的作家。好几篇文章，在他觉得是没有什么精彩的，编辑先生却把它们登在第一篇，用极大的字印了出来。甚至一点无聊的随感，笔记，都成了编辑先生的宝贵的材料，读者的贵重的读物。无论何种刊物上，只要有"冯介"两个字出现，它的销路便变成惊人的大。有许多预备捻做一团，塞入字纸篓的稿子，经理先生把它从满被着灰尘的旧稿中找了出来，要拿去出版。五六万字的稿子，二个礼拜后就变成了一部美丽的精致的书。版税突升到值百抽二十五。杂志或报纸上发表的稿费，每千字总在五元以上，编辑先生亲自送了来，还说太微薄，对不起。

这在有些人确是一件愉快，不堪言说的光荣的事情。但在他，却愈觉得无味，耻辱，下贱。作品还未曾为人所欢迎的时候，一脚把你踢开，如踢街上颠踬地徘徊着的癞狗一般。这时，你出了名，便都露着谦恭，钦敬的容貌，甜美如妓女卖淫一般的言笑着，竭力拉你过去。利用纯洁的青年的心的弱点，把你装饰成一个偶像，做刊物或书店的招牌。好从中取利……

"这篇文章须得给五十元稿费！"一次，他对一个编辑先生说。这是他在愤怒中一个复仇的计策。这篇稿子连空白算在里面，恐怕也只有三千字左右。

"哦哦！不多，不多！"编辑先生居然拿着稿子走了，一面还露出欢喜与感激。

当天下午，他竟出人意外的收到了六十元稿费，一页信，表示感激与光荣。

"兹有新著小说稿一部，约计七万字，招书店承印发行。谁出得版税最多的，给谁出版。"有一天又想到了一个复仇的计策，在报纸上登了一个投标的广告。

三天内果然来了一百多名经理先生，他们的标价由百分之三十到百分之五十五。

痛快了一阵，他又觉得索然无味了。商人终于是商人。欺骗，无耻，卑贱。原是他们的护身法宝。怎样的作弄他们，也是无用的。而这样一来，也徒然表现自己和他们一样的卑贱而已。过去的委屈，羞耻，羞辱，尽可以释然。这在人生的路上，原是随处可以遇着的。

但是，著作的生活到底于自己有什么利益呢，除去了这些过去的痕迹？他沉思起来，感觉到非常的苦恼。

自从开始著作以来，他几乎整个的沉埋在沉思和观察里。思想和眼光如用锉刀不断地锉着一般，一天比一天敏锐起来。人事的平常的变动在他随处都有可注意的地方。在人家真诚的背后，他常常看见了虚伪；在天真的背后，他看见了狡诈；在谦恭的背后，他看见了狠毒；在欢乐的背后，他发现了苦恼；在忧郁的背后，他发现了悲哀。这种种在平常的时候都可以像浮云似的不留痕迹地过去，像无知的小孩不知道世界的大小，人间的欢恼，流水自流水，落花自落花一般，现在他都敏锐地深刻地看见了隐藏在深的内部的秘密。从这里得到了深切的失望和悲哀。幼年时的憧憬与梦想都已消散。前途一团的漆黑。什么是人生的意义？什么是伟大的自我？他终于寻不出来。他虽活着，已等于自杀。像这样的思想，远不如一个愚蒙的村夫，无知无识的做着发财的梦，名誉的梦，信托着泥塑木雕的神像，挣扎着谋现在或未来的幸福。……

自己不必管了，他想，譬如短命而死，譬如疾病而死，譬如因一种不测的灾祸而死，如为水灾，火灾，兵灾，或平白地在马路上被汽车撞倒。然而，作品于读者有什么益处呢？给了他们一点什么？安慰吗？他们自己尽有安慰的朋友，东西！希望吗？骗人而已！等到失了望，比你没有给他们希望时还痛苦！指示他们人生的路吗？这样渺茫，分歧的前途，谁也不知道那里是幸福，那里是不幸，你自己觉得是幸福的，在别人安知就不是不幸？想告诉他们以世界的真相和秘密吗？这该诅咒的世界，还是让他们不了解，模模糊糊的好！想讽刺一些坏的人，希望他们转变过来吗？痴想！他们即使看了，也是一阵微风似的过去了！想对读者诉说一点人间的忧抑，苦恼，悲哀吗？何苦把你自己的毒药送给别人！……

伟大而光荣的作家冯介先生想到这里，翻开几本自己的著作来看，只看见字里行间充满着自己的点点的泪和血；无边的苦恼与悲哀：罪恶的结晶，戕害青年的毒药……

点起火柴，他烧掉了桌上尚未完工的作品……

（选自短篇小说集《黄金》，1928 年 5 月，上海人间书店）

童年的悲哀

这是如何的可怕，时光过得这样的迅速！

它像清晨的流星，它像夏夜的闪电，刹那间便溜了过去，而且，不知不觉地带着我那一生中最可爱的一叶走了。

像太阳已经下了山，夜渐渐展开了它的黑色的幕似的，我感觉到无穷的恐怖。像狂风卷着乱云，暴雨掀起波涛似的，我感觉到无边的惊骇。像周围哀啼着凄凉的鬼魃，影闪着死僵的人骸似的，我心中充满了不堪形容的悲哀和绝望。

谁说青年是一生中最宝贵的时代，是黄金的时代呢？我没有看见，我没有感觉到。我只看见黑暗与沉寂，我只感觉到苦恼与悲哀。是谁在这样说着，是谁在这样羡慕着，我愿意把这时代交给了他。

呵。我愿意回到我的可爱的童年时代，回到那梦幻的浮云的时代！

神呵，给我伟大的力，不能让我回到那时代去，至少也让我的回忆拍着翅膀飞到那最凄凉的一隅去，暂时让悲哀的梦来充实我吧！我愿意这样，因为即使是童年的悲哀也比青年的欢乐来得梦幻，来得甜蜜呵！

那是在哪一年，我不大记得了。好像是在我十一二岁的时候。

时间是在正月的初上。正是故乡锣声遍地、龙灯和马灯来往不绝的几天。

这是一年中最欢乐的几天。过了长久的生活的劳碌，乡下人都一致的暂时搁下了重担，用娱乐来洗涤他们的疲乏了。街上的店铺全都关了门。祠庙和桥上这里那里一堆堆地簇拥着打牌九的人群。平日最节俭的人在这几天里都握着满把的瓜子，不息地剥啄着。最正经最严肃的人现在都背着旗子或是敲着铜锣随着龙灯马灯出发了。他们谈笑着，歌唱着，没有一个人的脸上会发现忧愁的影子。孩子们像从笼里放出来的一般，到处跳跃着，放着鞭炮，或是在地上围做一团，用尖石划了格子打着钱，占据了街上的角隅。

母亲对我拘束得很严。她认为打钱一类的游戏是不长进的孩子们玩的，她平日总是不许我和其他的孩子们一同玩耍，她把她的钱柜子锁得很紧密。倘若我偶然在抽屉的角落里找到了几个铜钱，偷偷地出去和别的孩子们打钱，她便会很快的找到我，赶回家去大骂一顿，有时挨了一场打，还得挨一餐饿。

但一到正月初上，母亲就给我自由了。我不必再在抽屉角落里寻找剩余的铜钱，我自己的枕头下已有了母亲给我的丰富的压岁钱。除了当着大路以外，就在母亲的面前也可以和别的孩子们打钱了。

打钱的游戏是最方便最有趣不过的。只要两个孩子碰在一起，问一声"来不来？"回答说"怕你吗？"同找一块不太光滑也不太凹凸的石板，就地找一块小的尖石，划出一个四方的格子，再在方格里对着角划上两根斜线，就开始了。随后自有别的孩予们来陆续加入，摆下钱来，许多人簇拥在一堆。我虽然不常有机会打钱，没有练习得十分凶狠的铲法，但我却能很稳当的使用刨法，那就是不象铲似的把自己手中的钱往前面跌下去，却是往后落下去。用这种方法，无论能不能把别人的钱刨到格子或线外去，而自己的钱却能常常落在方格里，不会象铲似的，自己的钱总是一直冲到方格外面去，易于发生危险。

常和我打钱的多是一些年纪不相上下的孩子，而且都知道把自己的钱拿得最平稳。年纪小的不凑到我们这一伙来，年纪过大或拿钱拿得不平稳的也常被我们所拒绝。

在正月初上的几天里，我们总是到处打钱：祠堂里、街上、桥上、屋檐下，划满了方格。我的心像野马似的，欢喜得忘记了家，忘记了吃饭。

但有一天，正当我们闹得兴高采烈的时候，来了一个捣乱的孩子。

他比我们这一伙人都长得大些，他大约已经有了十四五岁，他的名字叫做生福。他没有母亲也没有父亲。他平时帮着人家划船，赚了钱一个人花费，不是挤到牌九摊里去，就和他的一伙打铜板。他不大喜欢和人家打铜钱，他觉得输赢太小，没有多大的趣味。他的打法是很凶的，老是把自己的铜板紧紧地斜扣在手指中，狂风暴雨似的錾了下去。因此在方格中很平稳地躺着的钱，别人打不出去的，常被他錾了出去。同时，他的手又来得很快，每当将錾之前，先伸出食指去摸一摸被打的钱，在人家不知不觉中把平稳地躺着的钱移动得有了蹊跷。这种打法，无论谁见了都要害怕。

好像因为前一天和我们一伙里的一个孩子吵了架的缘故，生福忽然走来在我们的格子里放下了一个铜板。在打铜钱的地方拿着铜板打原是未尝不可以的，但因为他向来打得很凶而且有点无赖，同时又看出他故意来捣乱的声势，我们一致拒绝了。

于是生福生了气，伸一只脚在我们的格子里，叫着说：

"石板是你们的吗？"

我们的眉毛都竖起了。——但因为是在正月里，大家觉得吵架不应该，同时也有点怕他生得蛮横，都收了钱让开了。

"到我家的檐口去！"一个孩子叫着说。

我们便都拥到那里，划起格子来。

那是靠河的一个檐口下，和我家的大门是连接着的。那个孩子的家里本在那间屋子的楼下开着米店，因为去年的生意亏了本，年底就决计结束不再开了。这时店堂的门半开着，外面一部分已经变做了客堂，里面还堆着一些米店的杂物。屋子是孩子家里的，檐口下的石板自然也是孩子家里的了。

但正当我们将要开始继续打钱的时候，生福又来了。他又在格子里放下了一个铜板。

"一道来！"他气愤地说。

"这是我家的石板！"那孩子叫了起来。

"石板会答应吗？你家的石板会说话吗？"

我们都站了起来，捏紧了拳头。每个人的心里都发了火了。辱骂的话成堆的从我们口里涌了出来。

于是生福象暴怒的老虎一般，竖着浓黑的眉毛，睁着红的眼睛，握着拳头，向我们一群扑了过来。

但是，他的拳头正将落在那个小主人的脸上时，他的耳朵忽然被人扯住了。

"你的拳头大些吗？"一个大人的声音在生福脑后响着。

我们都惊喜地叫起来了。

那是阿成哥，是我们最喜欢的阿成哥！

"打他几个耳光，阿成哥。他欺侮我们呢！"

生福已经怔住了。他显然怕阿成哥。阿成哥比他高了许多，气力也来得大。他是一个大人，已经上了二十岁。他能够挑很重的担子，走很远的路。他去年就是在现在已经关闭的米店里砻壳舂米。他一定要把生福痛打一顿的了，我们想。但阿成哥却并不如此，反放了生福的耳朵。

"为的什么呢？"他问我们。

我们把生福欺侮我们的情形完全告诉了他。

于是阿成哥笑了。他转过脸去，对着生福说：

"来吧，你有几个铜板呢？"他一面说，一面掏着自己衣袋里的铜板。

生福又发气了，看见阿成哥这种态度。他立刻在地上格子里放下了一个铜板。

"打铜板不会打不过你！"

阿成哥微笑着，把自己的铜板也放了下去。

我们也就围拢去望着，都给阿成哥担起心来。我们向来没有看见过阿成哥和人家打过铜板，猜想他会输给生福。

果然生福气上加气，来得愈加凶狠了。他一连赢了阿成哥五六个铜板。阿成哥的铜板一放下去，就被他打出格子外。阿成哥连还手的机会也没有。

但阿成哥只是微笑着，任他去打。

过了一会，生福的铜板落在格子里了。

于是我们看见阿成哥的铜板很平稳地放在手指中，毫不用力的落了下来。阿成哥的铜板和生福的铜板一同滚出了格子外。

"打铜板应该这样打法，拿得非常稳！"他笑着说，接连又打出了几个铜板。

"把它打到这边来，好不好？"他说着，果然把生福的铜板打到他所指的地方去了。

"打到那边去吧!"

生福的铜板往那边滚了。

"随便你摆吧——我把它打过这条线!"

生福的铜板果然滚过了他所指的线。

生福有点呆住了。阿成哥的铜板打出了他的铜板,总是随着滚出了格子外,接连着接连着,弄得生福没有还手的机会。

我们都看得出了神。

"錾是不公平的,要这样平稳地跌了下去才能叫人心服!"阿成哥说着,又打出了几个铜板。

"且让你打吧!我已赢了你五个。"

阿成哥息了下来,把铜板放在格子里。

但生福已经起了恐慌,没有把阿成哥的铜板打出去,自己的铜板却滚出了格子外。

我们注意着生福的衣袋,它过了几分钟渐渐轻松了。

"还有几个好输呢?"阿成哥笑着问他说,"留几个去买酱油醋吧!"

生福完全害怕了。他收了铜板,站了起来。

"你年纪大些!"他给自己解嘲似的说。

"像你年纪大些就想欺侮年纪小的,才是坏东西!——因为是在正月里。我饶恕了你的耳光!铜板拿去吧,我不要你这可怜虫的钱!"阿成哥笑着,把赢得的铜板丢在地上,走进店堂里去了。

我们都大笑了起来,心里痛快得难以言说。

生福红着脸,逡巡了一会,终于拾起地上的铜板踱开了。

我们伸着舌头,直望到生福转了弯,才拥到店堂里去看阿成哥。

阿成哥已从屋内拿了一支胡琴走出来,坐在长凳上调着弦。

他是一个粗人,但他却多才而又多艺,拉得一手很好的胡琴。每当工作完毕时,他总是独自坐在河边,拉着他的胡琴,口中唱着小调。于是便有很多的人围绕着他,静静的听着。我很喜欢胡琴的声音。这一群人中常有我在内。

在故乡,音乐是不常有的。每一个大人都庄重得了不得,偶然有人嘴里呼啸着调子，就会被人看做轻佻。至于拉胡琴之类是愈加没有出息的人的玩意了。一年中，只有算命的瞎子弹着不成调的三弦来到屋檐下算命，夏夜有敲着小锣和竹鼓的瞎子唱新闻，秋收后祠堂里偶然敲着洋琴唱一台书，此外乐器声便不常听见。只有正月里玩龙灯和马灯的时候，胡琴最多，二三月间赛会时的鼓阁，乐器来得完备些。但因为玩乐器的人多半是一些不务正业或是职业卑微的人。稍微把自己看得高一点的人便对他们含了一种蔑视的思想。然而，音乐的力量到底是很大的，乡里人一听见乐器的声音，男女老小便都围了拢去，虽然他们自己并不喜欢玩什么乐器。

阿成哥在我们村上拉胡琴是有名的。因此大人们多喜欢他。我们孩子们常缠着他要他拉胡琴。到了正月，他常拿了他的胡琴，跟着龙灯或马灯四处的跑。这几天不晓得为了什么事，他没有出去。

似乎是因为赶走了生福的缘故，他心里高兴起来，这时又拿出胡琴来拉了。

这支胡琴的构造很简单而且粗糙。蒙着筒口的不是蛇皮，是一块将要破裂的薄板。琴杆、弦栓和筒子涂着浅淡的红色。价钱大约是很便宜的。它现在已经很旧，淡红色上已经加上了一道龌龊的油腻，有些地方的油漆完全褪了色。白色的松香灰粘满了筒子的上部和薄板，又扬上了琴杆的下部并在那里粘着。弓已弯曲得非常厉害，马尾稀疏得像要统统脱下来的样子。这在我孩子的眼里并不美丽。我曾经有几次要求阿成哥让我试拉一下，它只能发出非常难听的嘎声。

但不知怎的，这支胡琴到了阿成哥手里便发出很甜美的声音，有时像有什么在那声音里笑着跳着似的，有时又像有什么在那声音里哭泣着似的。听见了他的胡琴的声音。我常常呆睁着眼睛望着，惊异得出了神。

"你们哪一个来唱一曲呢？"这一天他拉完了一个调子，忽然笑着问我们说。"拣一个最熟的——《西湖栏杆》好不好？"

于是我们都红了脸叫着说：

"我不会！"

"谁相信！哪个不会唱《西湖栏杆》！先让我来唱一遍吧——没有什么可以怕羞！"

"好呀！你唱你唱！"我们一齐叫着说。

"我唱完了，你们要唱的呢！"

"随便指定一个吧！"

于是阿成哥调了一调弦，一面拉着一面唱起来了：

西湖栏杆冷又冷，妹叹第一声：

在郎哥出门去，一路要小心！

路上鲜花——郎呀少去采……

阿成哥假装着女人的声音唱着，清脆得像一个真的女人，又完全合了胡琴的高低。我们都静默的听着。

他唱完了又拉了一个过门，停了下来，笑着说：

"现在轮到你们了——哪一个？"

大家红着脸，一个一个都想溜开了。有几个孩子已站到门限上。

"不会！不会！"

"还是浙琴吧！"他忽然站起来，拖住了我的手。

我的心突然跳了起来，浑身像火烧一般，说不出话来，只是挣扎着，摇着头：

"不……不……"

"好呀！浙琴会唱！浙琴会唱！"孩子们又都跳了拢来，叫着说。

"不要怕羞！关了门吧！只有我们几个人听见！"阿成哥说着，松了手，走去关上了店门。

我已经完全在包围中了。孩子们都拥挤着我，叫嚷着。我不能不唱了。但我又怎能唱呢？《西湖栏杆》头一节是会唱的，但只在心里唱过，在没有人的时候唱过，至多也只在阿姊的面前唱过，向来却没有对着别的人唱过。

"唱吧唱吧！已经关了门了！"阿成哥催迫着。

"不会……不会唱……"

"唱吧唱吧！浙琴！不要客气了！"孩子们又叫嚷着。

我不能不唱了。我只好红着脸，说：

"可不要笑的呢!"

"他答应了! ——要静静的听着的!"阿成哥对大众说。

"让我再来拉一回,随后你唱,高低要合胡琴的声音!"

于是他又拉起来了。

听着他的胡琴的声音,我的心的跳动突然改变了情调,全身都像在颤动着一般。

他的胡琴先是很轻舒活泼的,这时忽然变得沉重而且呜咽了。

它呜咽着呜咽着,抽噎似的唱出了"妹叹第一声……"

"……"

"西湖栏杆冷又冷……"

他拉完了过门,我便这样的唱了起来,于是他的胡琴也毫不停顿的拉了下去,和我的歌声混合了。

"……"

"好呀!唱得好呀!……"孩子们喊了起来。

我已唱完了我所懂得的一节。胡琴也停住了。

我不知道我唱的什么,也不知道是怎样唱的。我只感觉到我的整个的心在强烈的击撞着。我像失了魂一般。

"比什么人都唱得好!最会唱的大人也没有唱得这样好!我头一次听见,浙琴!"阿成哥非常喜欢的叫着说。

我的心的跳动又突然改变了情调,像有一种大得不能负载的欢悦充塞了我的心。我默默坐下了。我感觉到我的头在燃烧着。我的灵魂像向着某处猛烈地冲了去似的……

就是从这一天起,我的灵魂向音乐飞去了。我需要音乐。我想象阿成哥握住我的手似的握住音乐。

因此我爱着了阿成哥,比爱任何人还爱他。

每当母亲对我说,"你去问问阿四叔、连品公公、阿成哥,看哪个明朝后日有工夫可以给我们来砻谷!"我总是先跑到阿成哥那里去。别个来砻谷,我懒洋洋地睁着眼睛睡在床上,很迟很迟的才起床,不高兴出去帮忙,尽管母亲一次又一次的骂着催着。阿成哥来了,我一清早就爬了起来。开开了栈房,把轻便的砻谷器具搬了出来，又帮着母亲备好了早饭，等待着阿成哥的来到。有时候还早，我便跑到桥头去等他。

他本来一向和气，见了人总是满面笑容。但我感觉到他对我的微笑来得格外亲热，像是一个母亲生的似的。因此我喜欢常在他身边。他砻谷时，我拿了一根竹竿，坐在他的对面赶鸡。他筛米时，我走近去拣着未曾破裂的谷子。

《西湖栏杆》这只小调一共有十节歌，就在砻谷的时候，他把其余的九节完全教会了我。

没有事的时候，他时常带了他的胡琴到我家里来，他拉着，我唱着。

他告诉我，用蛇皮蒙着筒口的胡琴叫做皮胡，他的这支用薄板蒙的叫做板胡。他喜欢板胡，因为板胡的声音比皮胡来得清脆。他说胡琴比箫和笛子好，因为胡琴可以随便变调，又可以自拉自唱；他会吹箫和笛子，但因为这个缘故，他只买了一支胡琴。

他又告诉我，外面的一根弦叫做子弦，里面的叫做二弦。他说有些人不用子弦，单用二弦和老弦是不大好听的，因为弦粗了便不大清脆。

他又告诉我，胡琴应该怎样拿法，指头应该怎样按法，哪一枚指头按着弦是"五"字，哪一枚指头按着弦是"六"字……

关于胡琴的一切，他都告诉我了！

于是我的心愈加燃烧了起来：我饥渴地希望得到一支胡琴。

但这是太困难了。母亲绝对不能允许我有一支胡琴。

最大的原因是，她认为唱歌，拉胡琴，都是下流人的游戏。

我父亲是一个正经人，他在洋行里做经理，赚得很多的钱，今年买田，明年买屋，乡里人都特别的尊敬他和母亲。他们只有我这一个儿子，他们对我的希望特别大。他们希望我将来做一个买办，造洋房，买田地，为一切的人所尊敬，做一个人上的人。

倘若外面传了开去，说某老板的儿子会拉胡琴，或者说某买办会拉胡琴，这成什么话呢?!

"你靠拉胡琴吃饭吗?"母亲问我说，每次当我稍微露出买一支胡琴的意思的时候。

是的，靠拉胡琴吃饭是不可能的，即使可能，我也不愿意。这是多么羞耻的事情，倘若我拉着胡琴去散人家的心，而从这里像乞丐似的得到了饭吃。

但我喜欢胡琴，我的耳朵喜欢听见胡琴的声音，我的手指想按着胡琴的弦，我希望胡琴的声音能从我的手指下发出来。这欲望在强烈地鼓动着我，叫我无论如何须去获得一支胡琴。

于是，我终于想出一个方法了。

那是在同年的夏天里，当我家改造屋子的时候。那时木匠和瓦匠天天在我们家里做着工。到处堆满了木料和砖瓦。

在木匠师傅吃饭去的时候，我找出了一根细小的长的木头。我决定把它当做胡琴的杆子，用木匠师傅的斧头劈着。但他们所用的斧头太重了，我拿得很吃力，许久许久还劈不好。我怕人家会阻挡我拿那样重的斧头，因此我只在没有人的时候劈；看看他们快要吃完饭，我便息了下来，把木头藏在一个地方。这样的继续了几天，终于被一个木匠师傅看见了。他问我做什么用，我不肯告诉他。我怕他会笑我，或者还会告诉我的母亲。

"我自有用处！"我回答他说。

他问我要劈成什么样子，我告诉他要扁的方的。他笑着想了半天，总是想不出来。

但看我劈得太吃力，又恐怕我劈伤了手，这个好木匠代我劈了。

"这样够大了吗？"

"还要小一点。"

"这样如何呢？"

"再扁一点吧。"

"好了吧？我给你刨一刨光罢！"他说着，便用刨给我刨了起来。

待木头变成了一根长的光滑的扁平的杆子时，我收回了。那杆子的下部分是应该圆的，但因为恐怕他看出来，我把这件工作留给了自己，秘密地进行着。刨比斧头轻了好几倍，我一点也不感觉到困难。

随后我又用刨和锉刀做了两个大的，一头小一头大的，圆的弦栓。

在旧罐头中，我找到了一个洋铁的牛乳罐头，我剪去了厚的底，留了薄的一面，又在罐背上用剪刀凿了两个适合杆子下部分的洞。

只是还有一个困难的问题不容易解决。

那就是杆子上插弦栓的两个洞。

我用凿子试了一试，觉得太大，而且杆子有破裂的危险。

我想了。我想到阿成哥的胡琴杆上的洞口是露着火烧过的痕迹的。怎样烧的呢？这是最容易烧毁杆子的。

我决定了它是用火烫出来的。

于是我把家中缝衣用的烙铁在火坑里煨了一会，用烙铁尖去试了一下。

它只稍微焦了一点。

我又思索了。

我记起了做铜匠的定法叔家里有一个风扇炉，他常常把一块铁煨得血红的烫东西。烫下去时，会吱吱的响着，冒出烟来。我的杆子也应该这样烫才是，我想。

我到他家里去逡巡了几次，看他有没有生炉子。过了几天，炉子果然生起来了。

于是我拿了琴杆和一枚粗大的洋铁去，请求他自己用完炉子后让我一用。

定法叔立刻答应了我。在叔伯辈中，他是待我最好的一个。我有所要求，他总答应我。我要把针做成鱼钩时，他常借给我小铁钳和锉刀。母亲要我到三里路远近的大碶头买东西去时，他常叫我不要去，代我去买了来。他很忙，一面开着铜店。一面又在同一间房子里开着小店，贩卖老酒、洋油和纸烟。同时他还要代这家挑担，代那家买东西，出了力不够，还常常赔了一些点心钱和小费。母亲因为他太好了，常常不去烦劳他，但他却不时的走来问母亲，要不要做这个做那个，他实在是不能再忠厚诚实了。

这一天也和平日一般的，他在忙碌中看见我用洋钉烫琴杆不易见功，他就找出了一枚大一点的铁锥，在火里煨得血红，又在琴杆上撒了一些松香，很快的代我烫好了两个圆洞。

弦是很便宜的，在大碶头一家小店里，我买来了两根弦。

从柴堆里，我又选了一根细竹，削去了竹叶；从母亲的线篮中，我剪了一束纯麻；这两样合起来，便成了我的胡琴的弓。

松香是定法叔送给我的。

我的胡琴制成了。

我非常的高兴，开始试验我的新的胡琴，背着母亲拉了起来。

但它怎样也发不出声音，弓只是在弦上没有声息的滑了过去。

这使我起了极大的失望，我不知道它的毛病在哪里。我四处寻找我的胡琴和别的胡琴不同的地方，我发现了别的弓用的是马尾，我的是麻。我起初不很相信这两样有什么分别，因为它和马尾的样子差不多，它还没有制成线。随后我便假定了是弓的毛病，决计往大碶头去买了。

这时我感觉到这有三个困难的问题。第一是，铺子里的弓都套在胡琴上，似乎没有单卖弓的；第二是，如果响不响全在弓的关系，它的价钱一定很贵；第三是，这样长的一支弓从大碶头拿到家里来，路上会被人家看见，引起取笑。

但头二样是过虑的。店铺里的主人答应我可以单买一支弓，它的价值也很便宜，不到一角钱。

第三种困难也有了解决的办法。

我穿了一件竹布长衫到大碶头去。买了弓，我把它放在长衫里面，右手插进衣缝，装出插在口袋里的模样，握住了弓。我急忙地走回家来。偶一遇见熟人，我就红了脸，闪了过去，弓虽然是这样的藏着，它显然是容易被人看出的。

就在这一天，我有了一支真的胡琴了。

它发出异常洪亮的声音。

母亲和阿姊都惊异地跑了出来。

"这是哪里来的呢？……"母亲的声音里没有一点责备我的神气。她微笑着，显然是惊异得快乐了。

我把一切的经过，统统告诉了她，我又告诉她，我想请阿成哥教我拉胡琴。她答应我，随便玩玩，不要拿到外面去，她说在外面拉胡琴是丢脸的。我也同意了她的意思。

当天晚上，我就请了阿成哥来。他也非常的惊异，他说我比什么人都聪明。他试了一试我的胡琴说，声音很洪亮，和他的一支绝对不同，只是洪亮中带着一种哭丧的声音，那大约是我的一支用洋铁罐做的原因。

我特别喜欢这种哭丧的声音。我觉得它能格外感动人。它像一个嗄了喉咙的男子在哭诉一般。阿成哥也说，这种声音是很特别的，许多胡琴只能发出清脆的女人的声音，就是皮胡的里弦最低的声音也不大像男子的声音，而哭丧的声音则更其来得特别，这在别的胡琴上，只能用左手指头颤动着发出来，但还没有这样的自然。

"可是，"阿成哥对我说，"这支胡琴也有一种缺点，那就是，怎样也拉不出快乐的调子。因为它生成是这样的。"

我完全满意了。我觉得这样更好：让别个去拉快乐的调子，我来拉不快乐的调子。

阿成哥很快的教会了我几个调子。他不会写字，只晓得念谱子。他常常到我家里来，一面拉着胡琴，一面念着谱子，叫我写在纸头上。谱子写出了以后，我就不必要他常在我身边，自己可以渐渐拉熟了。

第二年春间，我由私塾转到了小学校。那里每礼拜上一次唱歌，我抄了不少的歌谱，回家时带了来，用胡琴拉着。我已住在学校里，很想把我的胡琴带到学校里去，但因为怕先生说话，我只好每礼拜回家时拉几次，在学校里便学着弹风琴。

阿成哥已在大碶头一家米店里做活，他不常回家，我也不常回家，不大容易碰着。偶然碰着了，他就拿了他自己的胡琴到我家里来，两个人一起拉着。有时，他的胡琴放在米店里，没有带来时，我们便一个人拉着，一个人唱着。

阿成哥家里有只划船。他很小时帮着他父亲划船度日。他除了父亲和母亲之外，还有一个哥哥和一个弟弟。因为他比他的兄弟能干，所以他做了米师傅。他很能游泳，虽然他现在已经不常和水接近了。

有一次，夏天的下午，他坐在桥上和人家谈天，不知怎的，忽然和一个人打起赌来了。他说，他能够背着一只稻桶游过河。这个没有谁会相信，因为稻桶又大又重，农人们背着在路上走都还觉得吃力。如果说，把这只稻桶浮在水面上，游着推了过去或是拖了过去，倒还可能，如果背在肩上，人就会动弹不得，而且因了它的重量，头就会沉到水里，不能露在水面了。但阿成哥固执地说他能够，和人家赌下了一个西瓜。

稻桶上大下小，四方形，像一个极大的升子。我平时曾经和同伴们躲在里面游戏过，那里可以蹲下四五个孩子，看不见形迹。阿成哥竟背了这样的东西，拣了一段最阔的河道游过去了。我站在岸上望着，捏了一把汗，怕他的头沉到水里去。这样，输了西瓜倒不要紧，他还须吃几口水。

阿成哥从这一边游到那一边了。我的忧虑是多余的。他的脚好像踏着水底一般，只微微看见他的一只手在水里拨动着，背着稻桶，头露在水面上，走了过去。岸上的看众都拍着手，大声的叫着。

阿成哥看见岸上的人这样喝彩，特别高兴了起来。他像立着似的空手游回来时，整个的胸部露出在水面上，有时连肚脐也露出来了。这使岸上的看众的拍掌声和喝彩声愈加大了起来。这样的会游泳，不但我们年纪小的没有看见过，就连年纪大的也是罕见的。

阿成哥就在人声嘈杂中上了岸，走进埠头边一只划船里，换了衣服，笑嘻嘻地走到桥上来。桥上一个大西瓜已经切开在那里。他看见我也在那里，立刻拣了一块送给我吃。

"吃了西瓜，到你家里去!"他非常高兴的对我说。

他的眼睛里充满了快乐，他的面上满是和蔼的笑容。我说不出的幸福。我觉得世上没有比他更可爱的人了。

这一天下午，他在我家里差不多坐了两个钟头。我的胡琴在他手里发出了一种和平常特别不同的声音，异常的快乐，那显然是他心里非常快乐的缘故。

但这样快乐的夏天，阿成哥从此不复有了。从第二年的春天起，他在屋子里受着苦，直到第二个夏天。

那是发生在三月里的一天下午，正当菜花满野盛放的时候。

他太快乐了。再过一天，他家里就将给他举行发送的盛会。这是订婚后第二次，也就是最后一次的礼节。同年十月间，他将和一个女子结婚了。他家里的人都在忙着给他办礼物。他自己也忙碌得异常。

这一天，他在前面，他的哥哥提着一篮礼物跟在他后面向家里走来。走了一半多路，过了一个凉亭，再转过一个屋弄，就将望见他们自己屋子的地方，他遇见了一只狗。

它拦着路躺着，看见阿成哥走来，没有让开。

阿成哥已经在狗的身边走了过去。不知怎的，他心里忽然不高兴起来。他回转身来，瞥了狗一眼，一脚踢了过去。

"畜生！躺在当路上！"

狗突然跳起身，睁着火一般的眼睛，非常迅速的，连叫也没有叫，就在阿成哥脚骨上咬了一口，随后像并没有什么事似的，它垂着尾巴走进了菜花丛里。阿成哥叫了一声，倒在地下了。他的脚骨已连裤子被狗咬破了一大块，鲜血奔流了出来。这一天他走得特别快，他的哥哥已经被他遗落在后方，直待他赶到时，阿成哥已痛得发了昏。他再也站不起来了。

他的哥哥把他背回家里，他发了几天的烧。全家的人本是很快乐的，这时都起了异常的惊骇。据说，菜花一黄，蛇都从洞里钻了出来。狗吃了毒蛇，便花了眼，发了疯，被它咬着的人，过了一百二十天是要死亡的。神农尝百草，一直到现在还没有发现医治疯狗咬的药。

为什么要在这一天呢？大家都绝望的想着。这是一个非常不吉利的预兆。没有谁相信阿成哥能跳出这个灾难。

他的父亲像在哄骗自己似的，终于东奔西跑，给他找到了一个卖草头药的郎中，给他吃了一点药，又敷上了一些草药。郎中告诉他，须给阿成哥一间最清静的房子，把窗户统统关闭起来，第一是忌色，第二是忌烟酒肉食，第三是忌声音，这样的在屋子里躲过一百二十天，他才有救。

然而阿成哥不久就复原了。他的创口已经收了口，没有什么疼痛，他的精神也已和先前一样。他不相信郎中和别人的话，他怎样也不能这样的度过一百二十天。他总是闹着要出来。但因为他家里劝慰他的人多，他也终于闹了一下，又安静了。

我那时正在学校里，回家后，听见母亲这样说，我才知道了一切。我想去看他，但母亲说，这是不可能的，吵闹了他，他的病会发作起来。母亲告诉我的话是太可怕了。她说，被疯狗咬过的人是绝对没有希望的。她说，毒从创口里进了去。在肚子里会长出小狗来的，创口好像是好了，但在那里会生长狗毛，满了一百二十天，好了则已，不好了，人的眼睛会像疯狗似的变得又花又红，不认得什么人，乱叫乱咬，谁被他咬着，谁也便会变疯狗死去。

她不许我去看他，我也不敢去看他，虽然我只是记挂着他。我只每礼拜六回家时打听他的消息。他的灾难使我太绝望了，我总是觉得他没有救星了似的。许久许久，我没有心思去动一动我的胡琴。母亲知道我记挂着阿成哥，因此她时常去打听阿成哥的消息，待我回家时。就首先报告给我听。

到了暑假，我回家后，母亲告诉我，大约阿成哥不要紧了。她说，疯狗咬也有一百天发作的，他现在已经过了一百天，他精神和身体一点没有什么变化。他已稍稍的走到街上来了。有一次母亲还遇见过他，他问我的学校哪一天放暑假。只是母亲仍不许我去看他，她说她听见人家讲，阿成哥有几个相好的女人，只怕他犯了色，还有危险，因为还没有过一百二十天。

但有一天的晚间，我终于遇见他了。

他和平时没有什么分别，只微微清瘦一点。他的体格还依然显露着强健的样子，脸色也还和以前一样的红棕色，只微微淡了一点，大概是在屋子里住得久了。他拿着一根钓鲤鱼的竿子，在河边逡巡着观望鲤鱼的水泡。我几乎忘记了他的病，奔过去叫了起来。

他的眼睛里露出了欣喜和安慰的光，他显然也是渴念着我的。他立刻收了鱼竿，同我一起到我的家里来。母亲听见他来了，立刻泡了一杯茶，关切地问他的病状。他说他一点也没有病，别人的忧虑是多余的。他不相信被疯狗咬有那样的危险。他把他的右脚骨伸出来，揭开了膏药给我们看，那里没有血也没有脓，创口已经完全收了口。他本想连这个膏药也不要，但因为别人固执地要他贴着，他也就随便贴了一个。他有点埋怨他家里的人，他说他们太大惊小怪了。他说一个这样强壮的人，咬破了一个小洞有什么要紧。他说话的时候态度很自然。他很快乐，又见到了我。他对于自己被疯狗咬的事几乎一点也不关心。我把我的胡琴拿出来提给他，他接在手里，看了一会，说：

"灰很重，你也许久没有拉了罢？"

我点了点头。

于是母亲告诉他，我怎样的记挂着他，怎样的一回家就想去看他，因为恐怕扰乱他的清静，所以没有去。

阿成哥很感动的说，他也常在记挂着我，他几次想出来都被他家里人阻住了。他也已经许久没有拉胡琴了，他觉得一个人独唱独拉是很少兴趣的。

随后他便兴奋地拉起胡琴来，我感动得睁着眼睛望着他和胡琴。我觉得他的情调忽然改变了。原是和平常所拉的一个调子，今天竟在他手里充满了忧郁的情绪，哭丧声来得特别多也特别拖长了。不知怎的，我心中觉得异常的凄凉，我本是很快乐的，今天能够见着他，而且重又同他坐在一起玩弄胡琴，但在这快乐中我又有了异样的感觉，那是沉重而且凄凉的一种预感。我只默然倾听着，但我的精神似乎并没有集中在那里，我的眼前现出了可怕的幻影：一只红眼睛垂尾巴的疯狗在追逐阿成哥，在他的脚骨上咬了一口，于是阿成哥倒下地了，满地流着鲜红的血，阿成哥站起来时，眼睛也变得红了，圆睁着，张着大的嘴，露着獠牙，追逐着周围的人，刺刺地咬着石头和树木，咬得满口都是血，随后从他的肚子里吐出来几只小的疯狗，跳跃着，追逐着一切的人……于是阿成哥自己又倒在地上，在血泊中死去了……有许多人号哭着……

"淅琴！"母亲突然叫醒了我，"做什么这样的呆坐着呢？今天遇见了阿成哥了，应该快活了吧？跟着唱一曲不好吗？"

我觉得我的脸发烧了。我怎么唱得出呢？这已经是最后一次了，我从此不能再见到阿成哥，阿成哥也不能再见到我了。命运安排好了一切，叫他离开了我，离开了这世界，而且迅速的，非常迅速的，就在第三天的下午。

天气为什么要变得和我的心一般的凄凉呢？没有谁能够知道。它刮着大风，雪盖满了天空，和我的心一般的恐怖与悲伤。

街上有几个人聚在一起，恐怖地低声的谈着话。这显然是出了意外的事了。我走近去听，正是关于阿成哥的事。

"……绳子几乎被他挣断了……房里的东西都被他撞翻在地上……磨着牙齿要咬他的哥哥和父亲……他骂他的父亲，说前生和他有仇恨……门被他撞了个窟窿，他想冲出来，终于被他的哥哥和父亲绑住了……咬碎了一只茶杯，吐了许多血……正是一百二十天，一点没有救星……"

像冷水倾泼在我的头上一般，我恐怖得发起抖来。在街上乱奔了一阵，我在阿成哥屋门口的一块田里跟跄地走着。

屋内有女人的哭声，此外一切都沉寂着。没看见谁在屋内外走动。风在屋前呼啸着，凄凉而且悲伤。

我瞥见在我的脚旁，稻田中，有一堆夹杂着柴灰的鲜血……

我惊骇地跳了起来，狂奔着回到了家里……

我不能知道我的心是在怎样的击撞着，我的头是在怎样的燃烧着，我一倒在床上便昏了过去。

当阿成哥活着的时候，世上没有比他更可爱的人，当阿成哥死去时。也没有比他更可怕的了。

我出世以来，附近死过许多人，但我没有一次感觉到这样的恐怖过。

当天晚间，风又送了一阵悲伤的哭声和凄凉的钉棺盖声进了我的耳里……

从此我失去了阿成哥，也失去了一切……

命运为什么要在我的稚弱的心上砍下一个这样深的创伤呢！我不能够知道。它给了我欢乐，又给了我悲哀。而这悲哀是无底的、无边的。

一切都跟着时光飞也似的溜过去了，只有这悲哀还存留在我的心的深处。每当音乐的声音一触着我的耳膜，悲哀便侵袭到我的心上来，使我记起了阿成哥。

阿成哥的命运是太苦了，他死后还遭了什么样的蹂躏，我不忍说出来……

我呢，我从此也被幸福所摒弃了。

就在他死后第二年，我离开了故乡，一直到现在，还是在外面漂流着。

前两年当我回家时，母亲拿出了我自制的胡琴，对我说：

"看哪！你小时做的胡琴还代你好好的保留着呢!"

但我已不能再和我的胡琴接触了。我曾经做过甜蜜的音乐的梦，而它现在已经消失了。甚至连这样也不可能：就靠着拉胡琴吃饭，如母亲所说的，卑劣地度过这一生罢！

最近，我和幸福愈加隔离得远了。我的胡琴，和胡琴同时建造起来的故乡的屋子，已一起被火烧成了灰烬。这仿佛在预告着，我将有一个更可怕的未来。

青年时代是黄金的时代，或许在别人是这样的罢？但至少在我这里是无从证明了。我过的烦恼的日子太多了，我看不见幸福的一线微光。

这样的生活下去是太苦了……

我愿意……

（选自短篇小说集《童年的悲哀》，1931 年 6 月，上海亚东图书）

小小的心

赖友人的帮助，我有了一间比较舒适而清洁的住室。淡薄的夕阳的光在屋顶上徘徊的时候，我和一个挑着沉重的行李的挑夫穿过了几条热闹的街道，到了一个清静的小巷。我数了几家门牌，不久便听见我的朋友的叫声。

"在这里！"他说，一手指着白色围墙中间的大门。

呈现在我的眼前的是一座半旧的三层洋楼：映在夕阳中的枯黄的屋顶露着衰疲的神情；白的墙壁现在已经变成了灰色，颇带几分忧郁；第三层的楼窗全关着，好几个百叶窗的格子斜支着；二层楼的走廊上，晒晾着几件白色的衣服。

我带着几分莫名的怅惘，跟着我的朋友走进了大门。这里有很清新的空气，小小的院子中栽着几株花木。楼下的房子比较新了一点，似乎曾经加过粉饰的工夫。厅堂中满挂着字画，一个穿西装的中年男子在那里和我的朋友招呼。经过他的身边，我们走上了一条楼梯。楼上有几个妇人和孩子在楼梯口观望着我们。楼上的厅堂中供着神主的牌位，正中的墙壁上挂着一副面貌和善的老人的坐像，从香炉中盘绕出几缕残烟，带着沉幽的气息。供桌外面摆着两张方桌，最外面的一张桌上放着几双碗筷，预备晚餐了。我的新的住室就在厅堂东边第一间，两个门：一个通厅堂，一个朝南通走廊的两扇玻璃门。从朝东的窗子望出去，可以看见邻家园子里的极大的榕树。床铺和桌椅已由我的朋友代我布置好，我打发挑夫走了，便开始整理我的行李。

妇人和孩子们走到我的房里来了，眼中露着好奇的光。

"请坐，请坐，"我招待她们说。

她们嘻嘻笑着，点了点头，似乎会了意。

"这是二房东孙先生的夫人，"我的朋友指着一位面色黝黑的三十余岁的妇人，对我介绍说。

"这位老太太是住在厅堂那边。李先生的母亲，"他又指着一个和善的白头发的老妇人，说。

"这两位女人是他们的亲戚……"

"啊！啊，请她们坐罢。"我说。

她们仍嘻嘻的笑着。好奇的眼光不息的在我的身上和我的行李上流动。

最后我的朋友操着流利的本地话和她们说了。他是在介绍我，说我姓王，在某一个学校当教员，现在放了假，到某一家报馆来做编辑了。

"上海郎?①"那位老太太这样的问。

"上海郎。"我的朋友回答说。

我不觉笑了。这样的话我已经听见不少的次数，只要是说普通话，或者是说类似普通话的人，在这里是常被本地人看做上海人的。"上海"，这两个字在许多本地人的脑中好像是福建以外的一个版图很大的国名，它包含着：辽宁，吉林，黑龙江，河北，河南，山东，江苏，浙江，山西，陕西，甘肃，四川，湖北，湖南，江西，……一句话，这就等于中国的别名了。我的朋友并非不知道我不是上海人，只因这地方的习惯，他就顺口的承认了。

"上海郎！红阿!②"忽然一个孩子在我的身边低声的试叫起来。

黄昏已在房内撒下了朦胧的网，我不十分能够辨别出这孩子的相貌。他约莫有四五岁年纪，很觉瘦小，一身肮脏的灰色衣服，左眼角下有一个很长的深的疤痕，好像被谁挖了一条沟。

"顽皮的孩子！"我想，心里颇有几分不高兴。虽然是孩子，我觉得他第一次这样叫我是有点轻视的意味的。

"阿品！"果然那老太太有点生气了，她很严厉的对这孩子说了一些本地

---

① 厦门音。"人"读为"郎"。

② 厦门音，"王"读为"红"。

话，"——红先生!"

"红先生……"孩子很小心的学着叫了一句，声音比前更低了。

"红先生!"另外在那里呆望着的三个小孩也跟着叫了起来。

我立刻走过去，牵住了他的小手，蹲在他的面前。我看见他的眼睛有点湿润了。我抚摩着他的脸，转过头来向着老太太说："好孩子哪!"

"好孩寄? ——Peh!①"她笑着说。

"里姓西米?②"我操着不纯粹的本地话问这孩子说。

"姓……谭!"他沉着眼睛，好像想了一想，说。

"他姓陈，"我的朋友立刻插入说，"在这里，陈字是念做谭字的。"

我点了一点头。

"他是这位老太太的外孙——喔，时候不早了，我们出去吃饭吧!"我的朋友对我说。

我站起来，又望了望孩子，跟着我的朋友走了。

阿品，这瘦小的孩子，他有一对使人感动的眼睛。他的微黄的眼珠，好像蒙着一层薄的雾，透过这薄雾，闪闪的发着光。两个圆的孔仿佛生得太大了，显得眼皮不易合拢的模样，不常看见它的眨动，它好像永久是睁开着的。眼珠往上泛着，下面露出了一大块鲜洁的眼白，像在沉思什么，像被什么所感动。在他的眼睛里，我看见了忧郁，悲哀。

"住在外婆家里，应该是极得老人家的抚爱的——他的父母可在这里?"在路上，我这样的问我的朋友。

"没有，他的父亲是工程师，全家住在泉州。"

"那么，为什么愿意孩子离开他们呢?"我好像一个侦探似的，极想知道他的一切。"大概是因为外婆太寂寞了吧?"

"不，外婆这里有三个孙子，不会寂寞的。听说是因为那边孩子太多了，才把他送到这里来的哩!"

"喔——"

---

① "坏"读为 peh。

② "你"读为"里"；"什么"读为"西米"。

　　我沉默了，孩子的两个忧郁的眼睛立刻又显露在我的眼前，像在沉思，像在凝视着我。在他的眼光里，我听见了微弱的忧郁的失了母爱的诉苦；看见了一颗小小的悲哀的心……

　　第二天早晨，阿品独自到了我的房里。"红先生！"他显出高兴的样子叫着，同时睁着他的沉思的眼睛凝望着我。我叫着他的名字，走过去牵住了他的小手。这房子，在他好像是一个神异的所在，他凝视着桌子，床铺，又抬起头凝望着壁上的画片。他的眼光的流动是这样的迟缓，每见着一样东西，就好像触动了他的幻想，呆住了许久。

　　"红先生！"他忽然指着壁上的一张相片。笑着叫了起来。

　　我也笑了，他并不是叫那站在他的身边的王先生，他是在和那站在亭子边，挟着一包东西的王先生招呼，我把这相片取下来，放在椅子上。他凝视了许久，随后伸出一只小指头，指着那一包东西说了起来。我不懂得他说些什么，只猜想他是在问我，拿着什么东西。"几本书，"我说。他抬起头来望着我，口里咕噜着。"书！"我更简单的说，希望他能够听出来。但他依然凝视着我，显然他不懂得。我便从桌上拿起一本书，指着说，"这个，这个，"他明白了，指着那包东西，叫着"兹！兹！""读兹？"我问他说。"读兹，里读兹！"他笑着回答。"这个叫西米？"我指着茶壶。"队阁。""这叫西米？"我指着茶杯。"队杯，""队阁，队杯！队阁，队杯！"我重复的念着。想立刻记住了本地音。"队阁，队杯！队阁，队杯！"他笑着，缓慢的张着小嘴，眨着沉思的眼睛，故意反学我了。薄的红嫩的两唇，配着黄黑残缺的牙齿，张开来时很像一个破烂了的小柘榴。

　　从这一天起，我有了一个很好的教师了，他不懂得我的话，我也不懂得他的话，但大家叽哩咕噜的说着，经过了一番推测，做姿势以后，我们都能够了解几分。就在这种情形中，我从他那里学会了几句本地话。清晨，我还没有起床的时候，他已经轻轻地敲我的门。得到了我的允许，他进来了。爬上凳子，他常常抽开屉子找东西玩耍。一张纸，一支铅笔，在他都是好玩的东西。他乱涂了一番，把纸搓成团，随后又展开来，又搓成了团。我曾经买了一些玩具给他，但他所最爱的却是晚上的蜡烛。一到我房里点起蜡烛，他就跑进来凝视着蜡烛的熔化，随后挖着凝结在烛旁的余滴，用一只洋铁盒子装了起来。我把它在火上烧熔了，等到将要凝结时，取出来捻成了鱼或鸭。他喜欢这蜡做的东西，但过了几分钟，他便故意把它们打碎，要我重做。于是我把蜡烛捻成了麻雀，猴子，随后又把破烂的麻雀捻成了碗，把猴子捻成了筷子和汤匙，最后这些东西又变成了人，兔子，牛，羊……他笑着叫着，外婆家里一个十二三岁的、丫头几次叫他去吃晚饭，只是不理她。"吃了饭再来玩吧。"我推着他去，也不肯走。最后外婆亲自来了，她严厉地说了几句。好像在说：如果不回去，今晚就关上门，不准他回去睡觉，他才走了，走时还把蜡烛带了去。吃完饭，他又来继续玩耍，有几次疲倦了就躺在我身上，问他睡在这里吧，他并不固执的要回去，但随后外婆来时，也便去了。阿品有一种很好的习惯，就是拿动了什么东西必定把它归还原处。有一天，他在我抽屉里发现了一只空的美丽的信封盒子。他显然很喜欢这东西，从家里搬来了一些旧的玩具，装进在盒子里。摇着，反复着，来回走了几次，到晚上又把玩具取出来搬回了家，把空的盒子放在我的抽屉里。盒子上面本来堆集着几本书，他照样地放好了。日子久了，我们愈加要好起来，像一家人一样，但他拿动了我的房子里的东西，还是要把它放在原处。此外。他要进来时，必定先在门外敲门或喊我。进了门或出了门就竖着脚尖，握着门键的把手，把门关上。

阿品的舅舅是一个画家，他有许多很好看的画片，但阿品绝不去拿动他什么，也不跟他玩耍。他的舅舅是一个严肃寡言的人，不大理睬他，阿品也只远远地凝望着他。他有三个孩子都穿得很漂亮，阿品也不常和他们在一块玩耍。他只跟着他的公正慈和的外婆。自从我搬到那里，他才有了一个老大的伴侣。虽然我们彼此的语言都听不懂，但我们总是叽哩咕噜的说着，也互相了解着，好像我完全懂得本地话，他也完全懂得普通话一样。有时，他高兴起来，也跟我学普通话，代替了游戏。

"茶壶！"我指着桌上的茶壶说。

"茶涡！"他学着说。

"茶杯！"

"茶杯！"

"茶瓶！"

"茶饼!"

"这个叫西米?"我指着茶壶，问他。

"茶饼!"他睁着眼睛，想了一会，说。

"不，茶壶!"

"茶涡!"

"这个?"我指着茶杯。

"茶杯!"

"这个?"我指着茶壶。

"茶涡!"他笑着回答。

待他完全学会了，我倒了两杯茶，说："请，请! 喝茶。喝茶!"

于是他大笑起来，学着说："请，请，喝茶，喝茶! 里夹，里夹!①""你喝，你喝!"我改正了他的话。

他立刻知道自己说错了，又哈哈大笑起来。随后却又故意说："你喝，你喝! 里夹，里夹。"

"夹里，夹里!"我紧紧地抱住了他，吻着他的面颊。

他把头贴着我的头，静默地睁着眼睛，像有所感动似的。我也静默了，一样地有所感动。他，这可爱的阿品，这样幼小的时候，就离开了他的父母，失掉了慈爱的亲热的抚慰，寂寞伶仃地寄居在外婆家里，该是有着莫名的怅惘吧？外婆虽然是够慈和了。但她还有三个孙子，一个儿子。又没有媳妇，须独自管理家务，显然是没有多大的闲空，可以尽量的抚养外孙，把整个的心安排在阿品身上的。阿品是不是懂得这个，有所感动呢？我不知道。但至少我是这样地感动了。一样的，我也离开了我的老年的父母。伶仃地寂寞地在这异乡。虽说是也有着不少的朋友，但世间有什么样的爱情能和生身父母的爱相比呢？……他愿意占有我吗？是的，我愿意占有他，永不离开他……让他做我的孩子，让我们永久在一起，让胶一般的把我们粘在一起……

"但是，你是谁的孩子呢？你姓什么呢？"我含着眼泪这样地问他。

他用惊异的眼光望着我。

---

① 你吃，你吃。

"里姓西米？"

"姓谭！"

"不，"我摇着头，"里姓王！"

"里姓红，瓦姓谭！"

"我姓王，里也姓王！"

"瓦也姓红，里也姓红！"他笑了，在他，这是很有趣味的。

于是我再重复的问了他几句，他都答应姓王了。

外婆从外面走了进来，听见我们的问答，对他说："姓谭！"但是他摇了一摇头，说："红。"外婆笑着走了。外婆的这种态度，在他好像一种准许，从此无论谁问他，他都说姓王了，有些人对他取笑说，你就叫王先生做爸爸吧，他就笑着叫我一声爸爸。

这原是徒然的事，不会使我们满足，不会把我们中间的缺陷消除，不会改变我们的命运的，但阿品喜欢我，爱我，却是足够使我暂时自慰的。

一次，我们附近做起马戏来了。我们可以在楼顶上望见那搭在空地上的极大的帐篷，帐篷上满缀着红绿的电灯，晚上照耀得异常的光明，军乐声日夜奏个不休。满街贴着极大的广告，列着一些惊人的节目：狮子，熊，西班牙女人，法国儿童，非洲男子……登场奏技，说是五国人合办的，叫做世界马戏团。承朋友相邀，我去看了一次，觉得儿童的走索，打秋千，女人的跳舞，矮子翻跟斗，阿品一定喜欢看，特选了和这节目相同，而没有狮子。熊奏技的一天，得到了他的外婆的同意，带他到马戏场去。场内三等的座位已经满了，只有头二等的票子，二等每人二元，儿童半价，我只带了两块钱。我要回家取钱，阿品却不肯，拉着我的手定要走进去，他听不懂我的话，以为我不看了，急得眼泪都快流出来。直到我在那里遇见了一位朋友，阿品才高兴的跳跃着跑了进去。

几分钟后，幕开了。一个美国人出来说了几句恭敬的英语，接着就是矮子的滑稽的跟斗。阿品很高兴的叫着，摇着手，像表示他也会翻跟斗似的。随后一个十二三岁的女孩子出来了。她攀着一根索子一直揉到帐篷顶下，在那里，她纵身一跳，攀住了一个秋千，即刻踏住木板，摇荡几下翻了几个转身。又突然一翻身，落下来，两脚勾住了木板。这个秋千架搭得非常高。底下又无遮拦，倘使技术不娴熟，落到地上，粉身碎骨是无疑的。在悠扬的军乐中，四面的观众都齐声鼓掌起来，惊羡这小小女孩子的绝技。我转过脸去看阿品，他只是睁着眼睛，惊讶的望着，不做一声。他的额角上流着许多汗。这时正是暑天的午后，阳光照在篷布上，场内坐满了人，外婆又给阿品罩上了一件干净的蓝衣，他一定太热了，我便给他脱了外面的罩衣，又给他抹去头上的汗。但是他一手牵我的手，一手指着地，站了起来。我不懂得他的意思，猜他想买东西吃，便从衣袋里摸出一包糖来，递给了他，扯他再坐下来。他接了糖没有吃，望了一望秋千架上的女孩，重又站起来要走。这样的扯住他几次，我看见他的眼中包满了眼泪。我想，他该是要小便了，所以这样的急，便领他出了马戏场。牵着他的手，我把他带到一个僻静的角落里，但他只是东张西望，却不肯小便。我知道他平常是什么事情都不肯随便的，又把他带到一处更僻静，看不见一个人的所在。但他仍不肯小便。许是要大便了，我想，从袋里拿出一张纸来，扯扯他的裤子，叫他蹲下。他依然不肯。他只叽哩咕噜的说着，扯着我的手要走。难道是要吃什么吗？我想。带他在许多摊旁走过去，，指着各种食品问他，但他摇着头，一样也不要，扯他再进马戏场又不肯。这样，他着急，我也着急了。十几分钟之后，我只好把他送回了家，我想，大概是什么地方不舒服吧？倒给他担心起来。一见着外婆，他就跑了过去，流着眼泪，指手画脚的说了许多话。

"有什么事吗？"我问他的舅舅说，"为什么就要离开马戏场呢？"

"真是蠢东西。说是翻秋千的女孩子这样高的地方掉下来怎么办呢？所以不要看了哩！"他的舅舅埋怨着他，这样的告诉我。

咳，我才是蠢东西呢！我一点也没有想到这上面来，我完全忘记了阿品是一个孩子，是一个有着洁白的纸一样的心的孩子，是一个富于同情的孩子！我完全忘记了这个，我把他当做大人，当做了一个有着蛮心的大人看待，当做了和我一样残忍的人看待了……

从这一天起，我不敢再带阿品到外面去玩耍了。我只很小心的和他在屋子里玩耍。没有必要的事，我便不大出门。附近有海，对面有岛，在沙滩上够我闲步散闷，但我宁愿守在房里等待着阿品，和阿品作伴。阿品也并不喜欢怎样的到外面去，他的兴趣完全和大人的不同。房内的日常的用具，如桌子，椅子，床铺。火柴，手巾，面盆，报纸，书籍，甚至于一粒沙，一根草，在他都可以发生兴味出来。

　　一天，他在地上拾东西，忽然发现了我的床铺底下放着一双已经破烂了的旧皮鞋。他爬进去拿了出来。不管它罩满了多少的灰尘，便两脚踏了进去。他的脚是这样的小，旧皮鞋好像成了一只大的船。他摇摆着，拐着，走了起来，发着铁妥铁妥的沉重声音。走到桌边，把我的帽子放在头上，一直罩住了眼皮，向我走来，口里叫着："红先生来了！红先生来了！"

　　"王先生！"我对他叫着说："请坐！请坐！喝茶，喝茶！"

　　"喔！多谢，多谢！"他便大笑起来，倒在我的身边。

　　他欢喜音乐，我买了一支小小的口琴给他，时常来往吹着。他说他会跳舞，喊着一二三。突然坐倒在地下，翻转身，打起滚来，又爬着，站起来，冲撞了几步——跳舞就完了。

　　两个月后。阿品的父亲带着全家的人来了。两个约莫八九岁的女孩，一个才会跑路的男孩，阿品母亲的肚子里还怀着一个六七个月的孩子。他的父亲是一个颇有才干的人，普通话说得很流利，善于应酬。阿品的母亲正和她的兄弟一样，有着一副严肃的面孔，不大露出笑容来，也不大和别人讲话。女孩的面貌像她的父亲，有两颗很大的眼睛；男孩像母亲，显得很沉默，日夜要一个丫头背着。从外形看来，几乎使人疑心到阿品和他的姊弟是异母生的，因为他们都比阿品长得丰满，穿得美丽。

　　"阿品现在姓王了！"我笑着对他的父亲说。

　　"你姓西米，阿品？"

　　"姓红！"阿品回答说。

　　他的父亲哈哈笑了，他说，就送给王先生吧！阿品的母亲不做声，只是低着头。

　　全家的人都来了，我倒很高兴，我想，阿品一定会快乐起来。但阿品却对他们很冷淡，尤其是对他的母亲，生疏得几乎和他的舅舅一样。他只比较的欢喜他的父亲，但暗中带着几分畏惧。阿品对我并不因他们的来到稍为冷淡，我仍是他的唯一的伴侣，他宁愿静坐在我的房里。这情形使我非常的苦恼，我愿意阿品至少有一个亲爱的父亲或母亲，我愿意因为他们的来到，阿品对我比较的冷淡。为着什么，他的父母竟是这样的冷淡，这样的歧视阿品，而阿品为什么也是这样的疏远他们呢？呵，正需要阳光一般热烈的小小的心……

从我的故乡来了一位同学，他从小就和我在一起，后来也时常和我一同在外面。为了生活的压迫，他现在也来厦门了。我很快乐，日夜和他用宁波话谈说着，关于故乡的情形。我对于故乡，历来有深的厌恶，但同时却也十分关心，详细的询问着一切。阿品露着很惊讶的眼光倾听着，他好像在竭力地想听出我们说的什么，总是呆睁着眼睛像沉思着什么似的。

但三四天后，他的眼睛忽然活泼了。他对于我们所说的宁波话，好像有所领会，眼睛不时转动着，不复像先前那般的呆着，凝视着，同时他像在寻找什么，要唤回他的某一种幻影。我们很觉奇怪，我们的宁波话会引起他特别的兴趣和注意。

"报纸阿旁滑姆未送来，"我的朋友要看报纸，我回答他说，报纸大约还没有送来，送报的人近来特别忙碌，因为政局有点变动，订阅报纸的人突然增加了许多……

阿品这时正在翻抽屉，他忽然转过头来望着我，嘴唇嗡动了几下，像要说话而一时说不出来的样子。随后他摇着头，用手指着楼板。我们不懂得他的意思，问他要什么，他又把嘴唇嗡动了几下，仍没有发出声音来。他呆了一会，不久就跑下楼去了。回来时，他手中拿着一份报纸。

"好聪明的孩子，听了几天宁波话就懂得了吗？"我惊异地说。

"怕是无意的吧，"我的朋友这样说。

一样的，我也不相信，但好奇心驱使着我，我要试验阿品的听觉了。

"阿品，口琴起驼来吹吹好勿？①"

他呆住了，仿佛没有听懂。

"口琴起驼来！"

"口琴起驼来！"我的朋友也重复地说。

他先睁着沉思的眼睛，随后眼珠又活泼起来。嗡动了几下嘴唇，出去了。

---

① 口琴去拿来吹吹好不好。

拿进来的正是一个口琴！

"滑有一只 Angwa！"我恐怕本地话的报纸，口琴和宁波话有点大同小异，特别想出了宁波小孩叫牛的别名。

但这一次，他的眼睛立刻发光了，他高兴得叫着：Angwa！Angwa！立刻出去把一匹泥涂的小牛拿来了。

我和我的朋友都呆住了。为着什么缘故，他懂得宁波话呢？怎样懂得的呢？难道他曾经跟着他的父亲，到过宁波吗？不然，怎能学得这样快？怎能领会得出呢？绝不是猜想出来，猜想是不可能的。他曾经懂得宁波话，是一定的。他的嘴唇嗡动，要说而说不出来的表情，很可以证明他曾经知道宁波话。现在是因为在别一个环境中，隔了若干时日生疏了，忘却了。

充满着好奇的兴趣，我和我的朋友走到阿品父亲那里。我们很想知道他们和宁波人有过什么样的关系。

"你先生，曾经到过宁波吗？"我很和气的问他，觉得我将得到一个与我故乡相熟的朋友了。"莫！莫！我没有到过！"他很惊讶的望着我，用夹杂着本地话的普通话回答说。

"阿品不是懂得宁波话吗？"

他突然呆住了。惊愕地沉默了一会，便严重的否认说："不，他不会懂得！"

我们便把刚才的事情告诉了他，并且说，我们确信他懂得宁波话。

"两位先生是宁波人吗？"他惊愕地问。

"是的，"我们点了点头。

"那么一定是两位先生误会了，他不会懂得，他是在厦门生长的！"他仍严重的说。

我们不能再固执的追问了。不知道其中还有什么关系，阿品的父亲颇像失了常态。

第二天早晨，我在房里等待着阿品，但八九点过去了，没有来敲门，也不听见外面厅堂里有他的声音。

"跟他母亲到姨妈家里去了，"我四处寻找不着阿品，便去询问他的父亲，他就是这样的淡淡地回答了一句。

天渐渐昏暗了，阿品没有回来。一天没有看见他，我像失去了什么似的，只是不安的等待着。我真寂寞，我的朋友又离开厦门了。

长的日子！两天三天过去了，阿品依然没有回来！自然，和他母亲在一起，阿品是不会有什么意外的，但我却不自主的忧虑着：生病了吗？跌伤了吗？……

在焦急和苦闷的包围中，我一连等待了一个星期。第八天下午，阿品终于回来了。他消瘦了许多，眼睛的周围起了青的色圈，好像哭过一般。

"阿品！"我叫着跑了过去。

他没有回答，畏缩地倒退了一步，呆睁着沉思的眼睛。我抱住他，吻着他的面颊，心里充满了喜悦。我所失去的，现在又回来了。他很感动，眼睛里满是喜悦与悲伤的眼泪。但几分钟后，他若有所惊惧似的，突然溜出我的手臂，跑到他母亲那里去了。

这一天下午，他只到过我房里一次。没有走近我，只远远的站着，睁着沉思的眼睛凝望着我，我走过去牵他时，他立刻走出去了。

几天不见，就忘记了吗？我苦恼起来。显然的，他对我生疏了。他像有意的在躲避着我。我们中间有了什么隔膜吗？

但一两天后，阿品到我房子里的次数又渐渐加多了。虽然比不上从前那般的亲热，虽然他现在来了不久就去，可是我相信他对我的感情并未冷淡下来。他现在不很做声了，他只是凝望着我，或者默然靠在我的身边。

有一种事实，不久被我看出了。每当阿品走进我的房里，我的门外就现出一个人影。几分钟后，就有人来叫他出去。外婆，舅舅，父亲，母亲，两个丫头，一共六个人，好像在轮流的监视他，不许他和我接近。从前，阿品有点强顽，常常不听他外婆和丫头的话，现在却不同了，无论哪一个丫头，只要一叫他的名字，他就立刻走了。他现在已不复姓王，他坚决地说他姓谭了。

为着什么，他一家人要把我们隔离，我猜想不出来。我曾经对他家里的人有过什么恶感吗？没有。曾经有什么事情有害于阿品吗？没有……这原因。只有阿品知道吧。但他的话，我不懂；即使懂得，阿品怕也不会说出来，他显然有所恐怖的。

几天以后，人家对于阿品的监视愈严了。每当阿品踱到我的门前，就有人来把他扯回去。他只哼着，不敢抵抗。但一遇到机会，他又来了，轻轻的竖着脚尖，一进门，就把门关上。一听见门外有人叫阿品，他就从另一个门走出去，做出并未到过我房里的模样。有一次，他竟这样的绕了三个圈子：丫头从朝南的门走进来时，他已从朝西的门走了出去；丫头从朝西的门出去时，他又从朝南的门走了进来。过了不久，我听见他在母亲房里号叫着，夹杂着好几种严厉的詈声，似有人在虐待他的皮肤。这对待显然是很可怕的，但是无论怎样，阿品还是要来。进了我的房子，他不敢和我接近，只是躲在屋隅里，默然望着我，好像心里就满足，就安慰了。偶然和我说起话来，也只是低低的，不敢大声。

可怜的孩子！我不能够知道他的被压迫的心有着什么样的痛楚！两颗凝滞的眼珠，像在望着，像没有望着，该是他的忧郁，痛苦与悲哀的表示吧……

到底为着什么呢？我反复地问着自己。阿品爱我，我爱阿品，为什么做父母的不愿意，定要使我们离开呢？……

我不幸，阿品不幸！命运注定着，我们还须受到更严酷的处分：我必须离开厦门，与阿品分别了。我们的报纸停了版，为着生活，我得到泉州的一家学校去教书了。我不愿意阿品知道这消息。头一天下午，我紧紧地抱着他。流着眼泪，热烈地吻他的面颊，吻他的额角。他惊骇地凝视着我，也感动得眼眶里包满了眼泪。但他不知道我的痛苦的原因。随后我锁上了房门，不许任何人进来，开始收拾我的行李。第二天。东方微明，我就凄凉地离开了那所忧郁的屋子。

呵，枯黄的屋顶，灰色的墙壁……

到泉州不久，我终于打听出了阿品的不幸的消息。这里正是阿品的父亲先前工作的城市，不少知道他的人。阿品是我的同乡。他是在十个月以前，被人家骗来卖给这个工程师的……这是这里最流行的事：用一二百元钱买一个小女孩做丫头，或一个男孩做儿子，从小当奴隶使用着……这就是人家不许阿品和我接近的原因了。可怜的阿品！……

几个月后，直至我再回厦门，阿品已跟着他的父亲往南洋去。

我不能再见到阿品了……

（选自小说散文集《小小的心》，1933 年 6 月，上海天马书店）

他们恋爱了

平南中学的空气突然紧张了。学生们三个一群，四个一群的聚集在不同的地点，低声地谈论着同一个问题，在各人的脸上，显现着好奇，惊愕，怀疑，忧郁，悲哀，怜悯，嫉恨，愤怒，……

因为，他们恋爱了——苏先生和康女士。

怎样发生的呢？是真爱情还是假爱情？苏先生可曾娶了妻子？有过爱人没有？康女士可有别的恋人？曾经和别人订了婚没有？……这种种，便是大家从早晨到夜间所研究的唯一的功课。

"先生和学生恋爱，是天下奇闻！"散学后，在柳树底下，方同学愤然对大家说，"先生比我们学生高一辈，好像父母叔伯。天下没有父母叔伯可以和子女子侄恋爱的道理！哼！颠倒人伦！……"

"我们请他来教书，是教我们大家！"张同学这样的说，"他应该把他的全副精神放在我们大家身上！现在，他居然和康女士恋爱起来，把他的精神集中在一个人身上，那他显然是把我们丢开了！"

"我倒不是这样意见。"密司彭皱着忧愁的长的眉毛，说，"只要是真正的恋爱，我以为先生和学生不成问题……"

"哼！"方同学瞥了密司彭一眼，愤然接续了下去，"倘若他家里已经有了妻子呢？……"

"那也得看他们有没有爱情……"一个娇小玲珑的密司潘红着脸，说。

"那么……呵！那么，照两位密司的意见，我们不该反对，应该赞成吗？"

张同学有点生气了。他的第一句话本想说出别的意思来，但话到喉咙里，又突然留住了。于是他只问了这一句话。

"赞成……反对……我还没有想到……不过这是一个很该注意的问题……"密司彭忧郁的说。她是一个善于忧愁，一切慎重的女孩。

"一个问题的发生，我们应该有我们自己的判断，"方同学严厉的说，"不是反对便是赞成，不是赞成便是反对，决没有模棱两可的！现在，这问题已闹得全校鼎沸了。我们和康女士同班，又很接近，我们得早一点决定我们的态度。这里的同学既然有几位没有决定，又有几位没有表示，我们还是去问问夏老师的意见吧！"

"不错呵！夏老师一定会有更切实的意见的！"密司潘高兴的叫了起来。

"去吧！去吧！"大家都同意了。

夏老师是平南中学最得学生信仰的一位教师。他有一个瘦长的身材，细长的脖颈，一副清秀的面貌。两颗流动而闪烁的眼珠，尖削的下巴上长满了胡须，很像是因为他剃得太勤快，和天天放在桌上的钳子用得太多了，所以即使连根拔了去，却愈加蔓延得多了。但因此，他也就愈加令人起敬：活泼的眼珠和清秀的面貌代表着他的青春，短黑的胡须，象征着他的学问。从他的细小的嘴里，吐出来的话常带几分滑稽的意味，在滑稽中又含着尖刻，他虽然只在平南中学校担任地理课，但关于文学方面，上自孔子删《诗经》，屈原作《离骚》，下至胡适博士倡文学革命，办《新青年》，都像亲身经历过一样，知道得清清楚楚。而且，莎士比亚是英国人，歌德是德国人，托尔斯泰，陀斯妥耶夫斯基，屠格涅夫是俄国人，大仲马，小仲马，巴尔扎克，是……他不仅知道他们的原名的写法，他还记得每个人的生卒年月，或竟至时日。关于这些人的作品，他是读了很多的。而且，不但读了很多，他自己也还会提起笔来，写几首诗，一点点随感……"黑线"，便是他的笔名，如同大家所知道的。这种种，便是他为学生们所信仰的第一个原因，第二个原因是，他好客。他喜欢学生到他家里来。瓜子，花生，糖，饼干，有时一点咖啡，酒，面，饭，甚至鱼和肉，是永不会缺乏的。他的两颗活泼的眼珠一见了人，就知道这个人有着什么样的情绪，到他这里来需要什么。例如，倘若张同学篮球丢得疲乏了，回家时懒洋洋地走过夏老师的门口，不知不觉的走了进去，往他的桌子边一坐，喘着气叫老师，他就会说："疲乏了吧，——这里有舒适的帆布椅！"又如，倘若方同学心里苦恼了，悲哀了，一走进夏老师的门，夏老师就一眼看出了："苦恼吗？人生几何！呵，喝几杯葡萄酒吧！"又如密司潘和密司彭倘若用功过度了，眼边起了黑圈。夏老师就会诚恳的劝告说："哈，好孩子，求学固然要紧，但你们也该爱惜你们的身体呵！这样年轻的……"于是这各种的话就给了各个人不同的安慰。有时听了他的话，密司潘和密司彭的眼眶里竟至充满了眼泪。因这缘故，学生们对夏老师的信仰愈加深了，每一个人的脑子里，好像在信仰之外，还筑成了一道坚固的墙。这已经不是第一次了，凡遇到什么疑难的问题，去问夏老师。

"有了什么事吧？这许多人一起来……"夏老师一瞥见他们，劈头就是这样说。

"自然，我们有很重要的问题，来请教老师。"

"是学校里的事？呵呵，请坐！请坐！想必也于苏先生有点联系吗？"

"老师怎的就猜到了呀？"密司潘露着惊异的目光，高兴的说了。

"青年人除了恋爱问题，还有什么比这更重要，更紧张呢！哈哈，坐下来吧！"

大家都围着夏老师的长方桌坐下了。这里一共是八个人，连夏老师在内，四边一排：左边第一个是夏老师，张同学，方同学，密司彭，夏老师对面是密司潘，李同学，万同学，陈同学。夏师母，一个干枯的，瘦削的女人，立刻和往日一样的，殷勤地端了茶，瓜子，花生米出来，随即又进去了。

"老师，"方同学首先说了，他是一个性急的青年。"现在学校里已经议论纷纷了，关于苏先生和康女士的问题。我们应该反对还是赞成呢！在没有决定态度之前，不得不来请教老师……老师的意见怎样，可以告诉我们吗？"

"关于恋爱的意见吗？……哈哈！羡慕罢了！苏先生可真有福气，找到了密司康！像我们这些没有爱人的青年男女可真该跳河呢！哈哈……"夏老师一面说着，一面用眼光盯着坐在对面的密司潘。

"你总是喜欢开玩笑……"密司潘红着脸，对夏老师瞪着眼，埋怨似的说。

"哈哈！天下有什么认真的事吗？譬如恋爱……喔恋爱！……"

"还是给我们一点意见吧，老师！"张同学恳切的请求说，"我和方同学的主张是觉得应该反对的呢。"

"喔，理由呢？"

"先生不应该和学生恋爱！"方同学大卢的说，"先生和父母同辈，哪里可以颠倒人伦！……"

"这就是方同学的意见，"张同学插人说，"我个人以为，先生应该把全副精神放在我们大家的身上。和女同学恋爱起来，他就是丢弃了他的责任，不配做我们的先生！"

"喔喔！"

"我不能同意方同学和张同学的意见！"密司彭坚决的勇敢的说。"方同学的礼教观念太重……张同学的理由不充足……照张同学的说法，做先生的人岂非连饭也不该吃了？……"

"哈哈……"

"哼！礼教观念太重！……苏先生已经结了婚又怎样说呢？"方同学气得眼珠红起来了。

"方同学能够证明他的确结了婚吗？而且，你可能知道他们有没有爱情？……"密司潘说起话来总是红着脸，现在感觉到对面夏老师的闪烁的眼光正盯在她的面孔上，脸愈加红了。

"不错，不错，大家都有道理！"夏老师一面望着密司潘，一面微笑着，说，"现在且不必争辩，症结的问题恐怕还不在这里呢！"

"是呀，我不赞同方张二位的意见，并不是替苏先生辩护……更不是赞成他们的恋爱，我觉得这个问题还应该研究。而且，"密司彭痛苦地抬起润湿的眼睛，又突然低下头去，说，"我感觉到极大的痛苦，自从听见了他们恋爱的消息以后……我从此……没有希望了……我失去了……我失去了……最亲爱的……密司康了……我实在应该反对……苏先生……他，抢了我的密司康去了！……"说到这里，密司彭伏着桌子呜咽起来，不能再接续下去。

在座的人都沉默了。有一种尖利的痛苦的感觉穿过了各个人的心坎，使每人的脸上都浮出酸苦的表情来。夏老师闭着嘴，带着苦笑。眼光盯着对面的密司潘。密司潘的脸色不葰绯红，渐渐惨白了。张同学和其他的人都皱着眉头。这感觉，使方同学忘记了刚才密司彭对他所说的侮辱似的言语，他的心中油然生了一种同情，对于密司彭的痛苦。不知不觉间，他伸出他的粗大的手去，紧紧地握住了密司彭的小手。他的粗大的躯干紧贴着密司彭的瘦小的身材，他的嘴唇嗡动着，但没有说出话来。他的心里充塞了这样的句子："我给你安慰，我给你安慰！"

过了许久，方同学有了适当的话了。他紧紧地握了一握密司彭的细小柔软而暖热的手，说："我们给你抢回来，密司彭！……"这声音勇敢而且诚恳，有如从武士的口中出来一样，他的每一个细胞好像都膨胀起来，充满了生命的力。"自然，我们必须把你的好朋友抢回来！"夏老师接着说。

于是大家的态度都跟着一致了。一致反对苏先生和康女士的恋爱。

"反对的理由不在于先生和学生上面以及年龄的差别，省份的不同，——这种种都是无关紧要的，紧要的是：是不是真正的恋爱！"夏老师说，"不久以前，我听说苏先生和一个姓李的女士有过恋爱的故事。不料他老先生现在却又和康女士恋爱了。这样的爱了一个，丢了一个，恐怕是在故意和女士们开玩笑吧！……"

"就是这个理由！"方同学叫着说。"为保障女权起见！我们必须激烈的反对！"

"又来什么保障女权了！"密司彭抬起头来，说，"这只是为康女士的幸福起见……"

"是呵，因为康女士是我们要好的朋友，我们须得注意她一生的幸福……"密司潘说。

"你们两位永久有清晰的头脑，热烈的心肠，伟大的同情！我做老师的真欢喜呵！哈哈！"夏老师说着，盯视着密司潘的眼光起了一层欢乐的云雾，像在幻想着什么似的，密司潘的脸上又泛起了两朵红云，她连忙低下头去，用左手支持了面腮。夏老师立刻清醒了，他的眼光移到了密司潘的手腕上。又白又嫩的丰满的手腕！一种强烈的饥渴显露到夏老师的眼光上，他的手微微颤动了。

"我原是一个傻小子呀！"方同学红着脸，羞愧地说，"在老师面前，在各位哥哥，姊姊面前，说起话来，是难免糊涂的。为康同学的幸福起见——一点也不错！她是我们的好朋友。我最敬重她，她又有学问，又会做事，她又长得……""是呵，她又长得很美丽！白嫩嫩的皮肤，红润润的面颊！而且，和你一样年轻！……"密司彭带着一种苦笑，望着方同学说。

方同学呆住了，不知不觉的满脸绯红起来。在座的人几乎都笑了。但方同学到底是一个老实人，他立刻承认自己又说错了。

"好姊姊，我不是说过我是一个傻小子吗？傻小子是不会说话的，别这样的嘲笑我吧！"他第二次握住了密司彭的细小的暖热的手。随后又接着说："好姊姊！我是你的弟弟呢！"

夏老师笑了："哈哈！就叫他一声弟弟吧！……喔，做姊姊的，你可知道康女士近来快乐不快乐？"

"谁做他的姊姊！"密司彭红了脸了，立刻推开了方同学的手，用嗔怒的声音说，"康女士吗？……咳，有什么快乐！还不是天天流着泪！"

"这就够了！"

夏老师的话有道理，恋爱是幸福的，快乐的，哪里会有痛苦，哪里还会流泪！康女士的眼睛近来确实肿了。这便是她受骗的证据，极大的证据，大家必须一致反对，是无疑了。怎么反对？给苏先生一个哀的美敦书！请他走路！请他离开康女士！张同学起草，夏老师修改，万同学誊清。时候已经七点多了，房里早点起了灯。肚子饱了再进行，夏老师得请大家晚餐。

张同学从饭前一直想到饭后，又经过夏老师的修改，哀的美敦书草成了：

敬启者，先生与康女士发生恋爱，校内外议论纷纭，或谓先生已在故乡娶有妻子，且生有子女，或谓先生方与另一女士相周旋。此等事实固舍先生而外，非局外人所能洞悉，亦非局外人所敢轻信。唯鉴于近日康女士之悲哀啼泣，深信先生与康女士恋爱，实非康女士之福。同人等与康女士谊属同窗，关注其终身幸福至深，因恐其误入不幸之陷阱，不得不对先生有所提议：即请先生于三日内离校，并与康女士从速脱离，免动公愤，致起意外为荷。此致苏先生台鉴。

这稿由万同学誊清。方同学领衔，以下是张同学，万同学，李同学，陈同学，密司彭，密司潘。方同学声明，他和张同学明天还要去请其他的同学签名，至少三四十个人是有把握的。

这个问题暂告完结了，大家显得很快活。拉杂地谈了一回，始终沉默着的什么都像不懂得不敢表示的，年轻的万同学，李同学，陈同学首先告辞了出去。随后张同学也走了。留在夏老师这里的，现在还有方同学，密司彭，密司潘。他们三个人的心里都包含着两种相反的情绪：悲苦与欢乐。过去的幻影和未来的憧憬在他们眼前交叉地结成了繁密的网，闪烁着，旋转着。夏老师在房中踱来踱去，一句话也没有。他的瘦长的身材，在灯光下投出了庞大的山一般的黑影。他皱着眉，咬着牙齿，他也有了一样的情绪。他感觉到世界在他的眼前旋转了。苏先生和康女士的面孔时时在他们几个人的眼前显现着，他们又看见了这一对男女握着手，紧贴着坐着，拥抱着，吻着……这是多么叫人愤怒呵！他们都几乎暴躁地骂出口来了。但想到了在这房间里的人物，大家却又心平气和了。一种强烈的欢乐的欲望渐渐占据了各个人的心坎，终于驱散了他们的苦恼。

方同学不能抑制这欲望了，他愈加贴近着密司彭，低低的，温和的说："好姊姊，叫我一声弟弟吧！"他伸出手去。

"谁高兴叫你弟弟！"密司彭发出一点点生气的声音，推开了他的手，跑到一个阴暗的角隅里。

方同学呆了一会，也就轻轻的走到了那个角隅里，"那么，叫我坏弟弟吧！"他又握住了密司彭的细小的暖热的手。

"坏人！"密司彭摇了一摇头，微笑着，轻轻的说。

"不，不！坏弟弟！蠢弟弟！丑弟弟！都可以！……"

"丑男子！……"

"一定要叫弟弟！你看吧！"他把她的小手愈捏愈紧了。"怕痛不怕痛呢！"

"不！"密司彭强顽的说。

"现在？"他捏得更紧了。

"不！"

"这样？"他又加了一点力。

"啊唷！放手！放手！"

"叫不叫呢？"

"叫叫！……好弟弟！我的好弟弟！……"她又伸出了另外一只手。

两个人像被神的力所推动的一般，互相抱住了，这样的紧，粘着的一般。"但是，我的过去是怎样的苦恼呵！……"从密司彭的眼里，泪水流出来了。方同学也被这悲哀和欢乐所感动，不觉涌出眼泪来。

"我给你安慰！好姊姊！我给你安慰！……"他把嘴唇凑了过去……

"看呵！他们恋爱了！……"密司潘低低的说，扯了一扯夏老师的衣服。她已经颤动地，心突突的跳着，呆呆地注视着那一个阴黑的角隅许久了。

夏老师突然停住了脚步，抬起头来，吃惊地望着。他战栗了。

"我也……爱你呢！……"他牵住了密司潘的柔软的手，低声的说。

密司潘突然倒在他的怀里，呜咽的哭泣了……

夏老师的眼眶润湿了……

夜已深，街上很寂静。门开开来，方同学，密司彭，密司潘和夏老师走了出来。

在门口，方同学牵住了密司彭的手，微笑地对夏老师说："我们恋爱了！……"

"愿你们幸福！"夏老师说着，牵住了密司潘的手，"我送你回去……"

走了不远，方同学在黑暗中回过头来望了一望，低声的对密司彭说："他们也恋爱了……"

（选自小说散文集《小小的心》，1935 年 5 月，上海天马书店）

屋顶下

　　本德婆婆的脸上突然掠过一阵阴影。她的心像被石头压着似的，沉了下去。"你没问过我！"

　　这话又冲上了她的喉头，但又照例的无声地翕动一下嘴唇，缩回去了。她转过身，走出了厨房。

　　"好贵的黄鱼！"被按捺下去的话在她的肚子里咕噜着。"八月才上头，桂花黄鱼，老虎屙！两角大洋一斤，不会买东洋鱼！一条吃上半个月！不做忌日，不请客！前天猪肉，昨天鸭蛋，今天黄鱼！豆油不用，用生油，生油不用，用猪油，怎么吃不穷！哼！你丈夫赚得多少钱？二十五元一个月，了不起！比起老头以前的工钱来，自然天差地！可是以前，一个铜板买得十块豆腐。现在呢？一个铜板买一块！哪一样不贵死人……我当媳妇，一碗咸菜，一碟盐，养大儿子，赎回屋子，哼，不从牙齿缝里漏下来，怎有今天！今天，你却要败家了！……一年两年。孩子多了起来，看你怎样过日！"

　　本德婆婆想着，走进房里，叹了一口气。在她的瘦削的额上，皱纹簇成了结。她的下唇紧紧地盖过了干瘪的上唇，窒息地忍着从心中冲出来的怒气。深陷的两眼上，罩上了一层模糊的云。她的头顶上竖着几根稀疏的白发，后脑缀着一个假发髻。她的背已经往前弯了。她的两只小脚走动起来，有点踉跄。她的年纪，好像有了六七十岁，但实际上她还只活了五十四年。别的女人生产太多，所以老得快，她却是因为工作的劳苦。四十五岁以前的二十几年中，她很少休息，她虽然小脚，她可做着和男子一样的事情。她给人家挑担，砻谷，舂米，磨粉，种菜。倘若三年前不害一场大病，也许她现在还是一个很强健的女工。但现在是全都完了。一切都出于意外的突然衰弱下来，眼睛，手脚。体力，都十分不行了。而且因为缺乏好的调养，还在继续地衰弱着。照阿芝叔的意思，他母亲的身体是容易健康起来的，只要多看几次医生，多吃一些药。但本德婆婆却舍不得用钱。"自己会好的，"她固执地这样说，当她开始害病的时候。直至病得愈加利害，她知道医得迟了，愈加不肯请医生。她说已经医不好了，不必白费钱。"年纪本来也到了把啦。瓜熟自落。"她要把她历年积聚下来的钱，留作别的更大的用处，于是这病一直拖延下来，有时仿佛完全好了，有时又像变了痨病，受不得冷，当不得热，咳嗽，头晕，背痛，腰酸，发汗，无力。"补药吃得好，"许多人都这样说。但是她摇着头说："那还了得，像我们这样人家吃补药！"她以前并不是没有害过病，可都是自己好的，没有吃过药，更不曾吃过补药。她一面发热，一面还要砻谷，舂米。"像现在，既不必做苦工，又不必风吹晒太阳，病不好，是天数，一千剂一万剂补药都是徒然的。"她说。

"不会长久了。"她很明白，而且确信。她于是急切地需要一个继承她的事业的人。阿芝叔已经二十五岁了，近几年来在轮船上做茶房，也颇刻苦俭约，晓得争气，但没有结婚，可不能算已成家立业，她的责任还未全尽，而她辛苦一生的目的也还没有达到。虽然她明白瓜熟自落，人老终死，没有什么舍不得，要是真的一场大病死了，她死不瞑目，永久要在地下抱憾的。儿子没有成家，她的一切过去的努力便落了空。因此，她虽然病着，她急忙给阿芝叔讨了一个媳妇来了。"我的担子放下了。"她很满意的说。身体能够健康起来，是她的福，倘若能够抱到孙子，更是她无边的福了。至于后来挑担子的人怎样，也只好随他们去。她现在已经缴了印，一切里外的事情交给儿子和媳妇去主张。她的身体坏到这个样子，在家一天，做一天客人。

"有什么错处，不妨骂她。"阿芝叔临行时这么对她说。

这话够有道理了。自己的儿子总是好的。年轻的人自然应该听长辈的教训。但她可决不愿意骂媳妇。虽然媳妇不是自己生的，她可是自己的儿子的亲人。

"晓得我还活得多少日子，有现成饭吃，就够心满意足了。"

"自然你不必再操心了，不过她到底才当家，又初进门，年纪轻。"

"安心去好啦，她生得很忠厚，又不笨，不会三长两短的！"本德婆婆望着媳妇在旁边低下发红的脸，惆怅的别情忽然找着了安慰，不觉微笑起来。

然而阿芝婶的话的确是有道理的，阿芝婶年纪轻，初进门，才当家，本德婆婆虽然老了而且有病，可不能不时时指点她。当家有如把舵，要精明，要懂得人情世故，要刻苦，要做得体面。一个不小心，触到暗礁，便会闯下大祸，弄得家破人亡的。现在本德婆婆已经将舵交给了阿芝婶了，但她还得给她了望，给她探测水的深浅，风雨的来去，给她最好的最有经验的意见，有时甚至还得帮她握着舵。本德婆婆明白这些。她希望由她辛苦地创造了几十年的家庭一天比一天好起来。于是她的撒手的念头又渐渐消灭了。她有病，她需要多多休养，但她仍勉强地行动着，注意着，指点着。凡她胜任的事情，她都和阿芝婶分着做。

天还没有亮，本德婆婆已像往日似的坐起在床上，默然思忖着各种事情。待第一线黯淡的晨光透过窗隙，她咳嗽着，打开了窗和门。"可以起来了。"她喊着阿芝婶，一面便去拿扫帚。

"我会扫的，婆婆，你多困一会吧，大清早哩。"

"起早惯了，睡不熟，没有事做也过不得。你去煮饭吧，我会扫的。……天的事情，全在早上。"

扫完地，本德婆婆便走到厨房，整理着碗筷，该洗的洗，该覆着的覆着，该拿出来的拿出来，帮着阿芝婶。吃过饭，她又去整理箱里的衣服鞋袜，指点着阿芝婶，把旧的剪开，拼起来，补缀着。

一天到晚，都有事做。做完这样，本德婆婆又想到了那样。她的瘦小的腿子总是踉跄地拖动着小腿来往的走着。她说现在阿芝婶当家了，但实际上却和她自己当家没有分别。

这使阿芝婶非常的为难。婆婆虽然比不得自己的母亲，她可是自己丈夫的母亲，她现在身体这样坏，怎能再辛苦。倘若有了三长两短，又如何对得住自己的丈夫。既然是自己当家了，就应该给婆婆吃现成饭。"啊呀，身体这样坏，还在这里做事体！媳妇不在家吗？"邻居已经说了好几次了，这话几乎比当面骂她还难受。可不是，摆着一个年轻力壮的媳妇，让可怜的婆婆辛苦着，别人一定会猜测她偷懒，或者和婆婆讲不来话的。她也曾竭力依照婆婆的话日夜忙碌着，她想，一切都一次做完了，应该再没有什么事了，哪晓得本德婆婆像一个发明家似的，尽有许多事情找出来。补完冬衣，她又拿出夏衣来；上完一双鞋底，她又在那里调浆糊剪鞋面。揩过窗子，她提着水桶要抹地板了。她家里只有这两个人，但她好像在那里预备十几个人的家庭一样。阿芝婶还没有怀孕，本德婆婆已经拿出了许多零布和旧衣，拿着剪刀在剪小孩的衣服，教她怎样拼，怎样缝，这一岁穿，这三岁穿，这可以留到十二岁，随后又可以留给第二个孩子，第三个孩子。她常常叹着气说，她不会长久，但她的计划却至少还要活几十年的样子。阿芝婶没有办法，最后想在精神方面给她一点安逸了。

"婆婆，今天吃点什么菜呢？"这几乎是天天要问的。

"你自己拿主意好了，我好坏都吃得下。"每次是一样的回答。

阿芝婶想，这麻烦应该免掉了。婆婆的口味，她已经懂得。应该吃什么菜，阿芝叔也关照过："身体不好，要多买一点新鲜菜。她舍不得吃，要逼她吃。"于是她便慢慢自己做起主意来，不再问婆婆了。

然而本德婆婆却有点感到冷淡了，这冷淡，在她觉得仿佛还含有轻视的意思。而且每次要带一点好的贵的菜回来，更使她心痛。她自己是熬惯了嘴的。倘不是从牙齿缝里省下来，哪有今日。媳妇是一个年轻的人，自然不能和她并论。她也认为多少要吃得好一点。不过也须有个限制。例如，一个月中吃一两次好菜，就尽够了。若说天天这样，不但穷人，就连财百万也没有几年好吃的。因为媳妇才起头管家，本德婆婆心里虽然不快活，可是一向缄默着，甚至连面色也不肯露出来。起初她还陪着吃一点，后来只拨动一下筷子就完了。她不这样，阿芝婶是不吃的。倘若阿芝婶也不吃，她可更难过，让煮得好好的菜坏了去。

然而今天，本德婆婆实在不能忍耐了。

"你没有问过我！"这话虽然又给她按捺住，样子却做不出来了。她的脸上满露着不能掩饰的不快活的神色，紧紧地闭着嘴，很像无法遏抑心里的怒气似的，她从厨房走出来，心像箭刺似的，躺在床上叹着气，想了半天。

吃饭的时候，金色的，鲜洁的，美味的黄鱼摆在本德婆婆的面前，本德婆婆的筷子只是在素菜碗里上下。

"婆婆，趁新鲜吧。煮得不好呢。"阿芝婶催过两次了。

"嗨，"这声音很沉重，满含着怒气。她的眼光只射到素菜碗里，怕看面前的黄鱼似的。

吃晚饭的时候，鱼又原样地摆在本德婆婆的面前。但是本德婆婆的怒气仍未息。

"婆婆，过夜会变味呢。"

"你吃吧。"声音又有点沉重。

第二天早晨，本德婆婆只对黄鱼瞟了一眼。

阿芝婶想，婆婆胃口不好了。这两天颜色很难看，说话也懒洋洋的，不要病又发了，清早还听见她咳嗽了好几声，药不肯吃，只有多吃几碗饭。荤菜似乎吃厌了，不如买一碗新鲜的素菜。

于是午饭的桌上，芋芳代替了黄鱼。

本德婆婆狠狠地瞟了一眼。

这又是才上市的！还只有荸荠那样大小。八月初三才给灶君菩萨尝过口味，今天又买了！

她气愤地把芋芳碗向媳妇面前推去，换来一碗咸菜。

阿芝婶吃了一惊，停住了筷。

"初三那天，婆婆不是说芋芳好吃吗？"

"自然！你自己吃吧！"本德婆婆咬着牙齿说。

阿芝婶的心突突地跳动起来，满脸发着烧，低下头来。婆婆发气了。为的什么呢？她想不到。也许芋芳不该这样煮？然而那正是婆婆喜欢吃的，照着初三那天婆婆的话：先在饭镬里蒸熟，再摆在菜镬里，加一点油盐和水，轻轻翻动几次，然后撒下葱蒜，略盖一会盖子，便铲进碗里——这叫做落镬芋芳，或者是咸淡没调得好？然而婆婆并没有动过筷子。

"一定是病又发作了，所以爱发气，"阿芝婶想，"好的菜都不想吃。"

怎么办呢？阿芝婶心里着急得很。药又不肯吃……不错，她想到了，这才是开胃健脾的。晚上煨在火缸里，明天早晨给她吃。

她决定下来，下午又出街了。

本德婆婆看着她走出去，愈加生了气。"抢白她一句，一定向别人诉苦去了！丢着家里的事情！"她叹了一口气，也走了出去，立住在大门口。她模糊地看见阿芝婶已经走到桥边。从桥的那边来了一个女人，那是最喜欢讲论人家长短，东西挑拨，绰号叫做"风扇"的阿七嫂。走到桥上，两个人对了面，停住脚，讲了许久话。阿七嫂一面说着什么，一面还举起右手做着手势，仿佛在骂什么人。随后阿芝婶东西望了一下，看见前面又来了一个人，便一直向街里走去。

"同这种人一起，还有什么好话！"本德婆婆的心像刀割似的痛，踉跄地走进房里，倒在一张靠背椅上，伤心起来。她想到养大儿子的一番苦心，却不料今日讨了一个这样不争气的媳妇，不由得润湿了干枯的老眼。她也曾经生过两个儿子，三个女儿，现在却只剩了一个男的，一个女的，而女的又出了嫁。倘若大儿子没有死。她现在可还有一个媳妇，几个孩子。倘若那两个女儿也活着，她还有说话的人，还有消气的方法。而现在，却剩了自己一个人，孤孤单单的过着日子。希望讨一个好媳妇，把家里弄得更好一点，总不辜负自己辛苦一生，哪晓得……

阿芝婶回来了。本德婆婆看见她从房门口走过，一直到厨房去，手里提着一包东西。

又买吃的东西！钱当水用了！水，也得节省，防天旱！穷人家哪能这样浪费！

本德婆婆气得动不得了。她像失了心似的，在椅子上一直呆坐了半天。

她不想吃晚饭，也吃不下，但想知道又添了一碗什么菜，她终于沉着脸，勉强地坐到桌子边去。

没有添什么菜。芋艿还原样地摆在桌上。黄鱼不见了。吃中饭的时候，它还没有动过。现在可被倒给狗吃了。

本德婆婆站起来，气愤地往厨房走去。

"婆婆要什么东西，我去拿来。"

"自己去拿的！"

她掀开食罩，没有看见黄鱼。开开羹橱，也没有。碗盏桶里一只带腥气的空碗，那正是盛黄鱼的！

她怒气冲天的正想走出厨房，突然嗅到一阵香气。她又走回去，揭开煨在火缸里的瓦罐。

红枣！

现在本德婆婆可绝对不能再忍耐了！再放任下去，会弄得连糠也没有吃！年纪轻轻，饭有三碗好吃，居然吃起补品来了！她拔起脚步，像吃了人参一般，毫不跟跄，走回房里。

"我牙齿缝里省下来！你要一天败光它！……"她咬着牙齿，声音尖锐得和刺刀一样。"你丈夫赚得多少钱？你有多少嫁妆？……这样好吃懒做！……"她说着，痉挛地倒在椅子上，眼睛火一般的红，一脸苍白。

阿芝婶的头上仿佛落下了一声霹雳，完全骇住了。脸色一阵红，一阵青。浑身战栗着。为了什么，婆婆这样生气，没有机会给她细想，也不能够问婆婆。

"我错了，婆婆，"她的声音颤动着，"你不要气坏了身体，我晓得听你的话……"她说着，眼泪流了下来。

"今天黄鱼明天肉！……你在娘家吃什么！……哼！还要补！……"

阿芝婶现在明白了：一场好意变成了恶意，原来婆婆以为是她贪嘴了。天晓得！她几时为的自己！婆婆爱吃什么，该吃什么，全是丈夫再三叮嘱过来的。不信，可以去问他！

"婆婆！……"阿芝婶打算说个明白，但一想到婆婆正在发气，解释不清反招疑心。话又缩回去了。

"公婆比不得爹娘，"她记起了母亲常常说的话，"没有错，也要认错的。"现在只有委屈一下，认错了，她想。

"婆婆，我错了，以后不敢了……"她抑住一肚子苦恼，含着伤心的眼泪，又说了一遍。

"你买东西可问过我！……"

"我错了！婆婆。"

本德婆婆的气似乎平了一些，挺直了背，望着阿芝婶，眼眶里也微湿起来。

"嗨，"她叹着气，说，"无非都是为的你们，你们的日子正长着。我还有多少日子，样子早已摆出了的。"

"为的你们？"阿芝婶听着眼泪涌了出来。她自己本也是为的婆婆，也正因为她样子早已摆出了的。……

"你可知道，我怎样把你丈夫养大？"本德婆婆的语气渐渐和婉了。"不讲不知道……"

她开始叙述她的故事。从她进门起，讲到一个一个生下孩子，丈夫的死亡，抚养儿女的困难，工作的劳苦，一直到儿子结婚。她又夹杂些人家的故事，谁怎样起家，谁怎样败家，谁是好人，谁是坏人。她有时含着眼泪，有时含着微笑。

阿芝婶低着头，坐在旁边倾听着。虽然进门不久，关于婆婆的事，丈夫早已详细地讲给她听过了。阿芝婶自己的娘家，也并不曾比较的好。她也是从小就吃过苦的。阿芝叔在家的时候，她曾要求过几次，让她出去给人家做娘姨，但是阿芝叔不肯答应。一则爱她，怕她受苦，二则母亲衰老，非她侍候不可。她很明白，后者的责任重大而且艰难，然而又不得不担当。今天这一番意外的风波，虽然平息了，日子可正长着。吃人家饭，随时可以卷起铺盖；进了婆家，却没有办法。媳妇难做，谁都这样说。可是每一个女人得做媳妇，受尽不少磨难。阿芝婶也只得忍受下去。

本德婆婆也在心里想着：好的媳妇原也不大有，不是好吃懒做，便是搬嘴吵架，或者走人家败门风。媳妇比不得自己亲生的女儿，打过骂过便无事，大不了，早点把她送出门；媳妇一进来，却不能退回去，气闷烦恼，从此鸡犬不宁。但是后代不能不要，每个儿子都须给他讨一个媳妇。做婆婆的，好在来日不多，譬如早闭上眼睛。本德婆婆也渐渐想明白了。

"人在家吗？"门口忽然有人问了起来，接着便是脚步声。

"乾生叔吗？"本德婆婆回答着，早就听出了是谁的声音。

阿芝婶慌忙拿了一面镜子，走到厨房去。

"夜饭用过吗？"

"吃过了。你们想必更早吧。"本德婆婆站了起来。

"坐下，坐下。……正在吃饭，挂号信到了。阿芝真争气，中秋还没有到，钱又寄来了。"

"怕不见得呢，信在哪里？就烦乾生叔拆开来，看一看吧。——阿芝老婆！倒茶来！点起灯！"

"不必，不必，天还亮。"乾生叔说着，从衣袋里取出信和眼镜，凑近窗边。

"公公吃茶！"阿芝婶托着茶盘，从里面走出来，端了一杯给乾生叔。

"手脚真快，还没坐定，茶就来了。"

"便茶。"随后她又端了一杯给本德婆婆："婆婆，吃茶。"

"啊，又是四十元！"乾生叔取出汇票，望了一下，微笑地说，一手摸着棕色的胡髭。"生意想必很得意。——年纪到底老了，要不点灯，戴着眼镜看信，还有点模糊。——真是一个孝子，不负你辛苦一生！要老婆好好侍候你，常常买好的菜给你吃，身体这样坏，要快点吃补药，要你切不可做事情，多困困，钱，不要愁，娘的身上不可省。不肯吃，逼你吃。从前三番四次叮嘱过她，有没有照办？倘有错处，要你骂骂她。近来船上客人多，外快不少，不久可再寄钱来。问你近来身体可好了一点？——唔。你现在总该心足了，阿嫂，一对这样的儿媳！"

"哪里的话，乾生叔，倘能再帮他们几年忙就好了。谁晓得现在病得这样不中用！"本德婆婆说着，叹了一口气。

但是本德婆婆的心里却非常轻松了。儿子实在是有着十足的孝心的。就是媳妇——她转过头去望了一望，媳妇正在用手巾抹着眼睛，仿佛在那里伤心。明明是刚才的事情，她受了委屈了。儿子的信一句句说得很清楚，无意中替她解释得明明白白，媳妇原是好的。可是，这样的化钱，绝对错了。

"两夫妻都是傻子哩，乾生叔，"本德婆婆继续的说了。"那个会这样说，这个真会这样做，鱼呀肉呀买了来给我吃！全不想到积谷防饥，浪用钱！"

"不是我阿叔批评你，阿嫂，"乾生叔摘下眼镜，说，"你只知其一，不知其二；积谷防饥，底下是一句养儿防老，你现在这样，正是养老的时候了。他们很对。否则，要他们做什么！"

"咳，还有什么老好养，病得这样！有福享，要让他们去享了！我只要他们争气，就心满意足了。"

真没办法，阿芝婶想，劝不转来，只好由她去，从此就照着她办吧，也免得疑心我自己贪嘴巴。说是没问过她，这也容易改，以后就样样去问她，不管大小里外的事——官样文章！自己又乐得少背一点干系。譬如没当家。婆婆本来比不得亲生的娘。

媳妇到底比不得亲生的女儿，本德婆婆想。自从那次事情以后，她看出阿芝婶变了态度了。话说得很少，使她感到冷淡。什么事情都来问她，又使她厌烦。明明第一次告诉过她，第二次又来问了。仿佛教不会一样。其实她并不蠢，是在那里作假，本德婆婆很知道。这情形，使本德婆婆敏锐地感到：她是在报复从前自己给她的责备：你怪我没问你，现在便样样问你——我不负责！这样下去，又是不得了。例如十五那天，就给她丢尽了脸了。

那天早晨，本德婆婆吃完饭，走到乾生叔店里去的时候，凑巧家里来了一个收账的人。那是贯器店老板阿爱。他和李阿宝是两亲家。李阿宝和阿芝叔在一只轮船上做茶房，多过嘴。这次阿芝叔结婚，本不想到阿爱那里去贯碗盏，不料总管阿芳叔没问他，就叫人去通知了阿爱，送了一张订单去。待阿芝叔知道，东西已经送到，只好用了他的。照老规矩，中秋节的账，有钱付六成，没钱付三四成。八月十五已经是节前最末一日，没有叫人家空手出门的。却不料阿芝婶竟回答他要等婆婆回来。大忙的日子，人家天还没亮便要跑出门，这家收账，那家收账，怎能在这里坐着等，晓得你婆婆几时回来。不近人情。给阿爱猜测起来。不是故意刁难他，便是家里没有钱。再把钱送去，还要被他猜是借来的。传到李阿宝耳朵里，又有背地里给他讲坏话的资料了："哪，有钱讨老婆，没钱付账！"

"钱箱钥匙是你管的！……"本德婆婆不能不埋怨了。

"没有问过婆婆……怎么付给他！"

本德婆婆生气了，这句话仿佛是在塞她的嘴。

"你说什么话！要你不必问，就全不问！要你问，就全来问！故意装聋作哑，拨一拨，动一动！"

阿芝婶红着脸，低下头，缄默着。她心里可也生了气，不问你，要挨骂！问你，又要挨骂！我也是爹娘养的！

看看阿芝婶不做声，本德婆婆也就把怒气忍耐住了。虽然郁积在心里更难受，但明天八月十六，正是中秋节，闹起来，六神不安，这半年要走坏运的。没有办法，只有走开了事。

然而这在阿芝婶虽然知道，可没有方法了。她藏着一肚皮冤枉气，实在吐不出来。夜里在床上，她暗暗偷流着眼泪，东思西想着，半夜睡不熟。

第二天，阿芝婶清早爬起床，略略修饰一下，就特别忙碌起来：日常家务之外，还要跑街买许多菜，买来了要洗，要煮，要做羹饭，要请亲房来吃。这些都须在上午弄好。本德婆婆尽管帮着忙，依然忙个不了。她年轻，本来爱困，昨夜没有睡得足，今天精神恍恍惚惚的好不容易支撑着。

客散后，一只久候着的黑狗连连摇着尾巴，缠着阿芝婶要东西吃。她正在收拾桌上的碗盏，便用手里的筷子把桌上一堆肉骨和虾头往地上划去。

"乓！"一只夹在里面的羹匙跟着跌碎了。

阿芝婶吃了一惊，通红着脸。这可闯下大祸了，今天是中秋节！

本德婆婆正站在门口，苍白了脸，瞪着眼。她呆了半晌，气得说不出话来。

"狗养的！偏偏要在今天打碎东西！你想败我一家吗？瞎了眼睛！贱骨头！它是你的娘，还是你的爹，待它这样好？啊！你得过它什么好处？天天喂它！今天鱼，明天肉！连那天没有动过筷的黄鱼也孝敬了它！……"本德婆婆一口气连着骂下去。

阿芝婶现在不能再忍耐了！骂得这样的恶毒，连爹娘也拖了出来！从来不曾被人家这样骂过！一只羹匙到底是一只羹匙！中秋节到底是中秋节！上梁不正，下梁错！怎能给她这样骂下去！

"啊唷妈哪！"阿芝婶蹬着脚，哭着叫了起来，"我犯了什么罪，今天这样吃苦！我也是坐着花轿，吹吹打打来的！不是童养媳，不是丫头使女！几时得过你好处！几时亏待过你！……"

"我几时得过你好处！我几时亏待过你！"本德婆婆拍着桌子。"你这畜生！你瞎了眼珠！你故意趁着过节寻祸！你有什么嫁妆？你有什么漂亮？啊！几只皮箱？几件衣裳？你这臭货！你这贱货！你娘家有几幢屋？几亩田？啊！不要脸！还说什么吹吹打打！你吃过什么苦来？打过你几次？骂过你几次？

啊！你吃谁的饭？你赚得多少钱？我家里的钱是偷的还是盗的，你这样看不起，没动过筷的黄鱼也倒给狗吃！……"

"天晓得，我几时把黄鱼喂狗吃！给你吃，骂我！不给你吃，又骂我！我去拿来给你看！"阿芝婶哭号着走进厨房，把羹橱下的第三只甏捧出来，顺手提了一把菜刀。"我开给你看！我跪在这里，对天发誓，"她说着，扑倒在阶上，"要不是那一条黄鱼，我把自己的头砍掉给你看！……"

她举起菜刀，对着甏上的封泥。……

"灵魂哪里去了！灵魂？阿芝婶！"一个女人突然抱住了她的手臂。

"咳，真没话说了，中秋节！"又一个女人叹息着。

"本德婆婆，原谅她吧，她到底年纪轻，不懂事！"又一个女人说。

"是呀，大家要原谅呢，"别一个女人的话，"阿芝婶，她到底是你的婆婆，年纪又这样老了！"

邻居们全来了，大的小的。男的女的。有些人摇着头。有些人呆望着。有些人劝劝本德婆婆，又跑过去劝劝阿芝婶。

阿芝婶被拖倒在一把椅上，满脸流着泪，颜色苍白得可怕。长生伯母拿着手巾给她抹眼泪，一面劝慰着她。

本德婆婆被大家拥到别一间房子里。她的眼睛愈加深陷，颊骨愈加突出了。仿佛为了这事情，在瞬息间便老了许多。她滴着眼泪，不时艰难地嗳着抑阻在胸膈的气。口里还喃喃的骂着。几个女人不时用手巾扪着她的嘴。过了一会，待邻居们散了一些，只有三四个要好的女人在旁边的时候，她才开始诉说她和媳妇不睦的原因，一直从她进门说起。

"总是一家人，原谅她点吧。年纪轻，都这样，不晓得老年人全是为的他们。将来会懊悔的。"老年的女人们劝说着。

阿芝婶也在房间里诉着苦，一样地从头起。她告诉人家，她并没有把那一次的黄鱼倒给狗吃。她把它放了许多盐，装在甏里，还预备等婆婆想吃的时候拿出来。

"总是一家人，原谅她点吧。年纪老了，自然有点悖，能有多少日子！将来会明白的。"

过了许久，大家劝阿芝婶端了一杯茶给本德婆婆吃，并且认一个错，让她消气了事。

"大事化小事，小事化无事，媳妇总要吃一些亏的！"

"倒茶可以，认错做不到！"阿芝婶固执地说。"我本来没有错！"

"管它错不错，一家人，日子长着，总得有一个人让步，难道她到你这里来认错？"

于是你一句，我一句，终于说得她不做声了。人家给她煮好开水，泡了茶，连茶盘交给了她。

阿芝婶只得去了，走得很慢。低着头。

"婆婆，总是我错的。"她说着把茶杯放在本德婆婆的面前，便急速地退出来。

本德婆婆咬着牙齿，瞪了她一眼。她的气本来已经消了一些，现在又给闷住了。"总是我错的！"什么样的语气！这就是说：在你面前，你错了也总是我错的！她说这话，哪里是来认错！人家的媳妇，骂骂会听话，她可越骂越不像样了。一番好意全是为的她将来，哪晓得这样下场。

"不管了，由她去！"本德婆婆坚决的想。"我空手撑起一个家。应该在她手里败掉，是天数。将来她没饭吃，该讨饭，也是命里注定好了的。"于是她决计不再过问了。摆在眼前看不惯，她只好让开她。她还有一个亲生的女儿，那里有两个外孙，乐得到那里去快活一响。

第二天清晨，本德婆婆检点了几件衣服，提着一个包袱，顺路在街上买了一串大饼。搭着航船走了。

"去了也好。"阿芝婶想，"乐得清静自在。这样的家。你看我弄不好吗？年纪虽轻。却也晓得当家，并且还要比你弄得好些。"

只是气还没有地方出，邻居们比不得自己家里的人，阿芝婶想回娘家了，那里有娘有弟妹，且去讲一个痛快。看起来，婆婆会在姑妈那里住上一两个月，横直丈夫的信才来过，没什么别的事，且把门锁上一两天。打算定，收拾好东西，过了一夜，阿芝婶也提着包袱走了。

娘家到底是快活的。才到门口，弟妹们就欢喜地叫了起来，一个叫着娘跑进去，一个奔上来抢包袱。

"阿唷！"露着笑容迎出来的娘一瞥见阿芝婶，突然叫着说，"怎么颜色这样难看呀！彩凤！又瘦又白！"

阿芝婶低着头，眼泪涌了出来，只叫一声"妈"，便扑在娘的身上，抽咽着。这才是自己的娘，自己从来没注意到自己的憔悴，她却一眼就看出来了。

"养得这样大了，还是离不开我，"阿芝婶的娘说，仿佛故意宽慰她的声音。"坐下来，吃一杯茶吧。"

但是阿芝婶只是哭着。

"受了什么委屈了？慢慢好讲的。早不是叮嘱过你，公婆不比自己的爹娘，要忍耐一点吗？"

"也看什么事情！"阿芝婶说了。

"有什么了不得，她能有多少日子？"

"我也是爹娘养的！"

"不要说了，媳妇都是难做的，不挨骂的能有几个！"

"难道自己的爹娘也该给她骂！"

阿芝婶的娘缄默了。她的心里在冒火。

"骂我畜生还不够，还骂我的爹娘是……狗！"

"放她娘的屁！"阿芝婶的娘咬着牙齿。

她现在不再埋怨女儿了。这是谁都难受的。昏头昏脑的婆婆是有的，昏得这样可少见，她咬着牙齿，说，倘若就在眼前，她一定伸出手去了。上梁不正，下梁错，就是做媳妇的动手，也不算无理。

这一夜，阿芝婶的娘几乎大半夜没有合眼。她一面听阿芝婶的三番四次的诉说，一面查问着，一面骂着。

第二天中午，她们家里突然来了一个女客。那是阿芝叔的姊姊。她艰难地拐着一对小脚，通红着脸，气呼呼地走进门来。阿芝婶的娘正在院子里。

"亲家母，弟媳妇在家吗？"

阿芝婶的娘瞪了她一眼。好没道理，她想，空着手不带一点礼物，也不问一句你好吗，眼睛就往里面望。好像人会逃走一样！女儿可没犯过什么罪！不客气，就大家不客气！

"什么事呢？"她慢吞吞的问。

"门锁着，我送妈回家，我不见弟媳妇，"姑妈说。

"晓得了，等一等，我叫她回去就是。"

"叫她同我一道回去吧。"

"没那样容易。要梳头换衣，还得叫人去买礼物，空手怎好意思进门！昨天走来，今天得给她雇一只划船。你先走吧。"

姑妈想：这话好尖，既不请我进去吃杯茶，也不请我坐一下，又不让我带她一道去，还暗睹骂我没送礼物。却全不管我妈在门外等着，吵架吵到我身上来了。

"亲家母，妈和弟媳妇吵了架，气着到我那里去，我平时总留她住上一月半月，这次情形不同，劝了她一番，今天特陪她回家，想叫弟媳妇再和她好好的过日子。……"

"那么你讲吧：谁错？"

"自然妈年纪老，免不了悖，弟媳妇也总该让她一些。……"

"我呢？哼！没理由骂我做狗做猪，我也该让她！"

"你一定误会了，亲家母，还是叫弟媳妇跟我回去，和妈和好吧。"

"等一等我送她去就是，你先去吧。"

"那么，钥匙总该给我带去，难道叫我和妈在门外站下去！"姑妈发气了，语气有点硬。

"好，就在这里等着吧，我进去拿来！"阿芝婶的娘指着院子中她所站着的地方，命令似的，轻蔑的说。

倘不为妈在那里等着，姑妈早就拔步跑了。有什么了不得，她们的房子里？她会拿她们一根草还是一根毛？

接到钥匙，她立刻转过背，气怒地走了。没有一句话，也不屑望一望。

"自己不识相，怪哪个！"阿芝婶的娘自语着，脸上露出一阵胜利的狡笑。她的心里宽舒了不少，仿佛一肚子的冤气已经排出了一大半似的。

吃过中饭，她陪着阿芝婶去了。那是阿芝婶的夫家，也就是阿芝婶自己的永久的家，阿芝婶可不能从此就不回去。吵架是免不了的。趁婆婆不在，回娘家来，又不跟那个姑妈回去。不用说，一进门又得大吵一次的，何况姑妈又受了一顿奚落。可是这也不必担心，有娘在这里。

"做什么来！去了还做什么来！"本德婆婆果然看见阿芝婶就骂了。"有这样好的娘家，满屋是金，满屋是银！还愁没吃没用吗，你这臭货！"

"臭什么？臭什么？"阿芝婶的娘一走进门限，便回答了。"偷过谁，说出来！瘟老太婆！我的女儿偷过谁？你儿子几时戴过绿帽子？拿出证据来！你这狗婆娘！亏你这样昏！臭什么？臭什么？"她骂着，逼了近去。

"还不臭？还不臭？"本德婆婆站了起来，拍着桌子，"就是你这狗东西养出来，就是你这狗东西教出来，就是你这臭东西带出来！还不臭？还不臭？……"

"臭什么？证据拿出来！证据拿出来！证据！证据！证据！瘟老太婆！证据！……"她用手指着本德婆婆，又逼了近去。

姑妈拦过来了，她看着亲家母的来势凶，怕她动手打自己的母亲。"亲家母，你得稳重一点，要知道这里是什么地方！你女儿要在这里吃饭的！……"

"你管不着！我女儿家里！没吃你的饭！你管不着！我不怕你们人多！你是泼出了的水！……"

"这算什么话！这样不讲理！……"姑妈睁起了眼睛。

"赶她出去！臭东西不准进我的门！"本德婆婆骂着，也逼了近来。"你敢上门来骂人？你敢上门来骂人？啊！你吃屙的狗老太婆！滚出去！滚出去！滚出去！……"

"骂你又怎样？骂你？你是什么东西？瘟老太婆！"亲家母又抢上一步，"偏在这里！看你怎样！……"

"赶你出去！"本德婆婆转身拖了一根门闩，踉跄地冲了过来。

"你打吗？给你打！给你打！给你打！"亲家母同时也扑了过去。

但别人把她们拦住了。

邻居们早已走了过来，把亲家母拥到门外，一面劝解着。她仍拍着手，骂着。随后又被人家拥到另一家的檐下，逼坐在椅子上。阿芝婶一直跟在娘的背后哭号着。

本德婆婆被邻居们拖住以后，忽然说不出话来了。她的气拥住在胸口，透不出喉咙，咬着牙齿，满脸失了色，眼珠向上翻了起来。

"妈！妈！"姑妈惊骇地叫着，用力摩着她的胸口。邻居们也慌了，立刻抱住本德婆婆，大声叫着。有人挖开她的牙齿，灌了一口水进去。

"嗨，……"过了一会。本德婆婆才透出一口气来，接着又骂了，拍着桌子。

亲家母已被几个邻居半送半逼的拥出大门，一直哄到半路上，才让她独自拍着手，骂着回去。

现在留下的是阿芝婶的问题了，许多人代她向本德婆婆求情，让她来倒茶说好话了事，但是本德婆婆怎样也不肯答应。她已坚决的打定主意：同媳妇分开吃饭，当做两个人家。她要自己煮饭，自己洗衣服。

"呃，这哪里做得到，在一个屋子里！"有人这样说。

"她管她，我管我，有什么不可以！"

"呃，一个厨房，一头灶呢？"

"她先煮也好，我先煮也好。再不然，我用火油炉。"

"呃，你到底老了，还有病，怎样做得来！"

"我自会做的，再不然，有女儿，有外孙女，可以来来去去的。"

"那么，钱怎样办呢？你管还是她管？"

"一个月只要五块钱，我又不会多用她的，怕阿芝不寄给我，要我饿死？"

"到底太苦了！"

"舒服得多！自由自在！从前一个人，还要把儿女养大，空手撑起一份家产来，现在还怕过不得日子！"本德婆婆说着，勇气百倍，她觉得她仿佛还很年轻而且强健一样。

别人的劝解终于不能挽回本德婆婆的固执的意见，她立刻就实行了。姑妈懂得本德婆婆的脾气，知道没办法，只好由她去，自己也就暂时留下来帮着她。

"也好，"阿芝婶想，"乐得清静一些。这是她自己要这样，儿子可不能怪我！"

于是这样的事情开始了。在同一屋顶下，在同一厨房里，她们两人分做了两个家庭。她们时刻见到面，虽然都竭力避免着相见，或者低下头来。她们都不讲一句话。有时甚至在和别人说话的时候，走过这个或那个，也就停止了话，像怕被人听见，泄漏了自己的秘密似的。

这样的过了不久。阿芝叔很焦急地写信来了。他已经得到了这消息。他责备阿芝婶，劝慰本德婆婆，仍叫她们和好，至少饭要一起煮。但是他一封一封信来，所得到的回信，只是埋怨，诉苦和眼泪。

"锅子给她故意烧破了。"本德婆婆回信说。

"扫帚给她藏过了。"阿芝婶回信说。

"她故意在门口泼一些水，要把我跌死。"本德婆婆的另一信里这样写着。

"她又在骂我，要赶我出去。"阿芝婶的另一信里写着。

"…………"

"…………"

现在吵架的机会愈加多了。她们的仇是前生结下的，正如她们自己所说。

阿芝叔不能不回来了。写信没有用。他知道，母亲年老了，本有点悖，又加上固执的脾气。但是她的心，却没一样不为的他。他知道，他不能怪母亲。妻子呢，年纪轻，没受过苦。也不能怪她。怎样办呢？他已经想了很久了。他不能不劝慰母亲，也不能不劝慰妻子。但是，怎样说呢？要劝慰母亲，就得先骂妻子，要劝慰妻子，须批评母亲的错处。这又怎样行呢？

"还是让她受一点冤枉罢，在母亲的面前。暗中再安慰她。"他终于决定了一个不得已的办法。

于是一进门，只叫了一声妈，不待本德婆婆的诉苦，他便一直跑到妻子的房里大声骂了：

"塞了廿几年饭，还不晓得做人！我亏待你什么，你这样薄待我的妈！从前怎样三番四次的叮嘱你！……"

他骂着，但他心里却非常痛苦。他原来不能怪阿芝婶。然而，在妈面前，不这样，又有什么办法呢？

阿芝婶哭着，没回答什么话。

本德婆婆在外面听得清清楚楚，那东西在唏唏嘘嘘的哭。她心里非常痛快。儿子到底是自己养的，她想。

随后阿芝叔便回到本德婆婆的房里，躺倒床上，一面叹着气，一面愤怒的骂着阿芝婶。

"阿弟，妈已经气得身体愈加坏了，你应该自己保重些，妈全靠你一个人呢！"他的姊姊含着泪劝慰说。

"将她退回去！我宁可没有老婆！"阿芝叔仍像认真似的说。

"不要这样说，阿弟！千万不能这样想！我们哪里有这许多钱，退一个，讨一个！"

"咳，悔不当初！"本德婆婆叹着气，说，"现在木已成舟，还有什么办法！总怪我早没给你拣得好些！"

"不退她，妈就跟我出去，让她在这里守活寡！"

"哪里的话，不叫她生儿子，却白养她一生！虽说家里没什么，可也有一份薄薄的产业。要我让她，全归她管，我可不能！那都是我一手撑起来的，倒让她一个人去享福，让她去败光！这个，你想错了，阿芝，我可死也不肯放手。"

"咳，怎么办才好呢？妈，你看能够和好吗，倘若我日夜教训她？"

"除非我死了！"本德婆婆咬着牙齿说。

"阿姊，有什么法子呢？妈不肯去，又不让我和她离！"

"我看一时总无法和好了。弟媳妇年纪轻，没受过苦，所以不会做人。""真是贱货，进门的时候，还说要帮我忙，宁愿出去给人家做工，不怕苦。我一则想叫她侍候妈，二则一番好意，怕她受苦，没答应。哪晓得在家里太快活了，弄出祸事来！"

"什么，像她这样的人想给人家做工吗？做梦！叫她去做吧！这样最好，就叫她去！给她吃一些苦再说！告诉她，不要早上进门，晚上就被人家辞退！她有这决心，就叫她去！我没死，不要回来！我不愿意再见到她！"

"妈一个人在家怎么好呢？"阿芝叔说，他心里可不愿意。

"好得多了！清静自在！她在这里，简直要活活气死我！"

"病得这样，怎么放心得下！"

"要死老早死了！样子不对，我自会写快信给你。你记得：我可不要她来送终！"

阿芝叔呆住了。他想不到母亲就会真的要她出去，而且还这样的硬心肠，连送终也不要她。

"让我问一问她看吧。"过了一会，他说。

"问她什么！你还要养着她来逼死我吗？不去，也要叫她去！"

阿芝叔不敢做声了。他的心口像有什么在咬一样。他怎能要她出去做工呢？母亲这样的老了。而她又是这样的年轻，从来没受过苦。他并非不能养活她。

"怎么办才好呢？"他晚上低低的问阿芝婶，皱着眉头。

"全都知道了，你们的意思！"阿芝婶一面流着眼泪，一面发着气，说。"你还想把我留在家里，专门侍候她，不管我死活吗？我早就对你说过，让我出去做工，你不答应，害得我今天半死半活！用不着她赶我，我自己也早已决定主意了。一样有手有脚，人家会做，偏有我不会做！"

"又不是没饭吃！"

"不吃你的饭！生下儿子，我来养！说什么她空手起家，我也做给你们看看！"

"你就跟我出去，另外租一间房子住下吧。"阿芝叔很苦恼的说，他想不出一点好的办法了。

"你的钱，统统寄给她去！我管我的！带我出去，给我找一份人家做工，全随你良心。不肯这样做，我自己也会出去，也会去找事做的！一年两年以后。我租了房子，接你来！十年二十年后，我对着这大门，造一所大屋给你们看！"

阿芝叔知道对她也没法劝解了。两个人的心都是一样硬。他想不到他的凭良心的打算和忧虑都成了空。

"也好，随你们去吧，各人管自己！"他叹息着说。"我总算尽了我的心了。以后可不要悔。"

"自然，一样是人，都应该管管自己！悔什么！"阿芝婶坚决地说。

过了几天，阿芝叔终于痛苦地陪着阿芝婶出去了。他一路走着，不时回转头来望着苦恼而阴暗的屋顶，思念着孤独的老母，一面又看着面前孤傲地急速地行走着的妻子，不觉流下眼泪来。

本德婆婆看着儿子走了，觉得悲伤，同时又很快活。她拔去了一枝眼中钉。她的两眼仿佛又亮了。她的病也仿佛好了。"这种媳妇，还是没有好！"她嘘着气，说。

阿芝婶可也并不要这种婆婆。她的年纪也不小了，她得自己创一份家业。她现在已经走上了这条路，她正在想着怎样刻苦勤俭，怎样粗衣淡饭的支撑起来，造一所更大的屋予，又怎样的把儿子一个一个的养大成人，给他们都讨一个好媳妇。她觉得这时间并不远，眨一眨眼就到了。

（选自短篇小说集《屋顶下》，1934年3月，上海现代书店）

桥上

轧轧轧轧……

轧米船又在远处响起来了。

伊新叔的左手刚握住秤锤的索子，便松软下来。他的眼前起了无数的黑圈，漫山遍野的滚着滚着，朝着他这边。

一个声音从他的心底冲了出来，但立刻被他的喉咙梗住了，只从他的两鼻低微地进了出去。

"四十九！"他定了一定神，大声的喊着。

"平一点吧，老板！还没有抬起哩！"卖柴的山里人抬着柴，叫着说，面上露着笑容。

"瞎说！称柴比不得称金子！——五十一！——五十五！——五十四！——六十……这一头夹了许多硬柴！叫女人家怎样烧？她家里又没有几十个人吃饭！——四十八！"

"可以打开看的！不看见底下的一把格外大吗？"

"谁有闲工夫！不要就不要！——五十二！——一把软柴，总在三十斤以内！一头两把。那里会有六十几斤！——五十三！——五十！——"

"不好捆得大一点吗？"

"你们的手什么手！天天捆惯了的！我这碗饭吃了十几年啦！五十一！——哄得过我吗？——五十！"

轧轧轧轧……

伊新叔觉得自己的两腿在战栗了。轧米船明明又到了河南桥这边，薛家村的村头。他虽然站在河北桥桥上，到村头还有半里路，他的眼前却已经有无数的黑圈滚来，他的鼻子闻到了窒息的煤油气，他看见了那只在黑圈迷漫中的大船。它在跳跃着，拍着水。埠头上站着许多男女，一箩一箩的把谷子倒进黑圈中的口一样的斗里，让它轧轧的咬着，啃着，吞了下去……

伊新叔呆木地在桥上坐下了，只把秤倚靠在自己的胸怀里。

他自己也是一个做米生意的人……不，他是昌祥南货店的老板，他的店就开在这桥下，街头第一家。他这南货店已经开了二十三年了。十五岁在北碚市学徒弟，二十岁结亲，二十四岁上半年生大女儿，下半年就自己在这里挂起招牌来。隔了一年，大儿子出世了，正所谓"先开花后结果"，生意便一天比一天好了。起初是专卖南货，带卖一点纸笔，随后生意越做越大，便带卖酱油火油老酒，又随后带卖香烟，换铜板，最后才雇了两个长工砻谷春米，带做米生意。但还不够，他又做起"称手"来。起初是逢五逢十，薛家村市日，给店门口的贩子拿拿秤，后来就和山里人包了白菜，萝菔，毛笋，梅子，杏子，桃子，西瓜，脆瓜，冬瓜……他们一船一船的载来，全请他过秤，卖给贩子和顾客。日子久了，山里人的柴也请他兜主顾，请他过秤了。

他忙碌得几乎没有片刻休息。他的生意虽然好，却全是他一个人做的。他的店里没有经理，没有账房，也没有伙计和徒弟。他的唯一的帮手，只有伊新婶一个人。但她不识字，也不会算账，记性又不好。她只能帮他包包几个铜板的白糖黄糖，代他看看店。而且她还不能久坐在店里，因为她要洗衣煮饭，要带孩子。而他自己呢，没有人帮他做生意，却还要去帮别人的忙，无论谁托他，他没有一次推辞的。譬如薛家村里有人家办喜酒，做丧事，买菜，总是请他去的，因为他买得最好最便宜。又如薛家村里的来信，多半都由昌祥南货店转交。谁家来了信，他总是偷空送了去，有时念给人家听了，还给他们写好回信，带到店里，谁到北碚市去，走过店外，便转托他带到邮局去。

他吃的是咸菜，穿的是布衣，不爱赌也不吸烟，酒量是有限的，喝上半斤就红了脸。他这样辛苦，年轻的时候是为的祖宗，好让人家说说，某人有一个好的儿孙；年纪大了，是为的自己的儿孙，好让他们将来过一些舒服的日子。他是最爱体面的人，不肯让人家说半句批评。当他第二个儿子才出世的时候，他已经做了一桩大事，把他父母的坟墓全造好了。"钱用完了，可以再积起来的，"他常常这样想。果然不到几年，他把自己的寿穴也造了起来，而且把早年死了的阿哥的坟也做在一道。以后他便热热闹闹的把十六岁的大女儿嫁出去，给十岁的儿子讨了媳妇。到大儿子在上海做满三年学徒，赚得三元钱一月，他又在薛家村尽头架起一幢三间两巷的七架屋了。

然而他并不就此告老休息，他仍和往日一样的辛苦着，甚至比从前还辛苦起来。逢五逢十，是薛家村的市日，不必说。二四七九是横石桥市日，他也站在河北桥桥上，拦住了一二只往横石桥去的柴船。

"卖得掉吗？"山里人问他说。

"自然！卸起来吧！包你们有办法的！"

怎样卖得掉呢，又不是逢五逢十，来往的人多？但是伊新叔自有办法。薛家村里无论哪一家还有多少柴，他全知道。他早已得着空和人家说定了。

"买一船去！阿根嫂！"他看见阿根嫂走到桥上，便站了起来，让笑容露在脸上。

"买半船吧！"

"这柴不错，阿根嫂，难得碰着，就买一船吧！五元二角算，今天格外便宜，总是要烧的，多买一点不要紧！——喂！来抬柴，长生！"他说着，提起了秤杆。

"五十一！——四十九！——五十三！……"

轧轧轧轧……

轧米船在薛家村的河湾那里响了。

伊新叔的耳朵仿佛塞了什么东西，连自己口里喊出来的数目，也听不清楚了。黑圈掩住了手边的细小的秤花，罩住了柴担和山里人，连站在旁边的阿根嫂也模糊了起来。

"生意真好！"有人在他的耳边大声说着，走了过去。

伊新叔定了一定神，原来是辛生公。

"请坐，请坐！"他像在自己的店里一样的和辛生公打着招呼。

但是辛生公头也不回的，却一径走了。

伊新叔觉得辛生公对他的态度也和别人似的异样了。辛生公本是好人，一见面就惯说这种吉利话的。可是现在仿佛含了讥笑的神情，看他不起了。

轧轧轧轧……

轧米船又响了。

它是正在他造屋子的时候来的。房子还没有动工的时候，他已经听到了北襖市永泰米行老板林吉康要办轧米船的消息。他知道轧米船一来，他的米生意就要清淡下来，少了一笔收入。但是他的造屋子的消息也早已传了开去，不能打消了。倘若立刻打消，他的面子从此就会失掉，而且会影响到生意的信用上来。

"机器米，吃了不要紧吗？"他那时就听到了一些人对他试探口气的话。

"各有各的好处！"他回答说，装出极有把握的样子，而且索性提早动工造屋了。

他知道轧米船一来，他的米生意会受影响，但他不相信会一点没有生意。他知道薛家村里有许多人怕吃了机器米生脚气病，同时薛家村里的人几乎每一家都和他相当有交情。万一米生意不好，他也尽有退路。他原来是开南货店兼做杂货的。这样生意做不得，还有那样。他全不怕。

但是林吉康仿佛知道了他提早动工的意思，说要办轧米船，立刻就办起来了。正当他竖柱上梁的那一天好日子，轧米船就驶到了薛家村。

轧轧轧轧……

这声音惊动了全村的男女老小，全到河边来看望这新奇的怪物了。伊新叔只管放着大爆仗和鞭爆，却很少人走拢来。船正靠在他的邻近的埠头边，仿佛故意对他来示威一样。那是头一天。并没有人抬出谷子来给它轧。它轧的谷子是自己带来的。

轧轧轧轧……

这样的一直响到中午，轧米船忽然传出话来，说是今天下午六点钟以前，每家抬出一百斤谷来轧的，不要一个铜板。于是这话立刻传了开去，薛家村里像造反一样，谷子一担一担的挑出来抬出来了。不到一点钟，谷袋谷箩便从埠头上一直摆到桥边，挤得走不通路。

轧轧轧轧……

　　这声音没有一刻休息。黑圈呼呼的飞绕着，一直迷漫到伊新叔的屋子边。伊新叔本来是最快乐的一天，觉得他的一生大事，到今天可以说都已做完了，给轧米船一来，却弄得落入了地狱里一样，眼前一团漆黑，这轧轧轧轧的声音简直和刀砍没有分别。他的年纪已经将近半百，什么事情都遇到过，一只小小的轧米船本来不在他眼里，况且他又不是专靠卖米过日子的。但是它不早不迟，却要在他竖柱上梁的那一天开到薛家村来，这预兆实在太坏了！他几乎对于一切事情都起了恐慌，觉得以后的事情没有一点把握，做人将要一落千丈了似的。他一夜没有睡熟。轧米船一直响到天黑，就在那里停过夜。第二天天才亮。它又在那里响了。这样的一直轧了两天半，才把头一天三点半以前抬来的谷子统统轧完。有些人家抬出来了又抬回去，抬回去了又抬出来，到最后才轧好。

　　伊新叔的耳内时常听见一些不快活的话，这个说这样快，那个说这样方便。薛家村里的人没有一个不讲到它。

　　"看着吧！"他心里暗暗的想。他先要睁着冷眼，看它怎样下去。有些东西起初是可以轰动人家的，因为它稀奇，但日子久了，好坏就给人家看出了。这样的事情。他看见过好多。

　　轧米船以后常常来了。它定的价钱是轧一百斤谷，三角半小洋。伊新叔算了一算，价钱比自己请人砻谷舂米并不便宜。譬如人工，一天是五角小洋，一天做二百斤谷，加上一斤老酒一角三分，一共六角三分就够了。饭菜是粗的，比不得裁缝。咸齑，海蜇，龙头螃，大家多得很，用不着去买，米饭也算不得多少。有时请来的人不会吃酒，这一角三分就省去了。轧出来的比舂出来的白，那是的确的。可是乡下人并不想吃白米，米白了二百斤谷就变不得一石米。而且轧出来的米碎。轧米船的好处，只在省事，只在快。可是这有什么关系呢？请人砻谷舂米，一向惯了，并不觉得什么麻烦。快慢呢，更没有关系，决没有人家吃完了米才砻谷的。

　　伊新叔的观察一点不错，轧米船的生意有限得很。大家的计算正和伊新叔的一样，利害全看得出来，而且许多人还在讲着可怕的话，谁在上海汉口做生意，吃的是机器米，生了好几年脚气肿病，后来回到家里吃糙米，才好了。

一个月过去了，伊新叔查查账目，受到的影响并不大。只有五家人家向来在他这里籴米的，这一个月里不来了。但是他们的生意并不多，一个月里根本就吃不了几斗。薛家村里的人本来大半是自己请人砻的。籴米吃的人或者是因为家里没有砻谷的器具，或者是因为没有现钱买一百斤两百斤谷，才到他店里来零碎的籴米吃，而且他这里又可以欠账。轧米船抢去的这五家生意，因为他们比较的不穷，却是家里还购不起砻谷器具的，轧米船最大的生意还是在那些有谷子有砻具的人家。但这与他并没有关系。

两个月过去，五家之中已经有两家又回到他店里来籴米，轧米船的生意也已比不上第一个月，现在来的次数也少了。

"哪里抢得了我的生意！"伊新叔得意的暗暗地说。他现在全不怕了。他只觉得轧米船讨厌，老是乌烟瘴气的轧轧轧轧响着。尤其是他竖柱上梁的那天，故意停到他的埠头边来，对他做出吓人的样子。但是他虽然讨厌它，他却并不骂它。他觉得骂起它来，未免显得自己的度量太小了。

"自有人骂的。"他心里很明白，轧米船抢去的生意并不是他的。它抢的是那些给人家砻谷舂米的人的生意。轧米船在这里轧了二百斤谷子，就有一个人多一天闲空，多一天吃，少收入五角小洋。

"饿不死我们！"伊新叔早已听见有人在说这样又怨又气的话了。

那是真的，伊新叔知道，他们有气力拉得动砻，拿得动舂，挑得动担子，那一样做不得，何况他们也很少人专门靠这碗饭过日子的。

"一只大船，一架机器，用上一个男工，一个写账的，一个徒弟，看它怎样开销过去吧！"他们都给它估量了一下，这样说。

但是这一层，轧米船的老板林吉康早已注意到了。他有的是钱。他在北碚市开着永泰米行，万余木行，兴昌绸缎庄，隆茂酱油店，天生祥南货店，还在县城里和人家合开了一家钱庄。他并不怕先亏本。他只要以后的生意好。第三个月一开始，轧米船忽然跌价了。以前是一百斤谷，三角半小洋，现在只要三角了。

这真是大跌价，薛家村里的人又轰动了。自己请人砻谷的人家都像碰到了好机会，纷纷抬了谷子到埠头边去。

"吃亏的不是我！"伊新叔冷淡的说。他查了一查这个月的米生意，一共只有六家老主顾没有来往。他睁着冷眼旁看着，轧米船的生意好了一回，又慢慢的冷淡下去了。许多人已经在说轧出来的砻糠太碎，生不得火；细糠却太粗，喂不得鸡，只能卖给养鸭子的，价钱卖不到五个铜板，只值三个铜板一斤，还须自己筛了又筛。要砻糠粗，细糠细，大家宁愿请人来先把谷砻成糙米，然后再请轧米船轧成熟米。但这样一来，不能再叫人家出三角一百斤，只能出得一角半。

轧米船不能答应。写账的说，拿谷子来，拿米来，在他们都是一样的手续。一百斤谷子只能轧五斗米，一百斤糙米轧出来的差不多仍有百把斤米，这里就已经给大家便宜了，那里还可以减少一半价钱。一定要少，就少到二角半，不能再少了。薛家村里的人不能答应，宁可仍旧自己请人砻好舂好。

于是伊新叔亲眼看见轧米船的生意又坏下去了。

"还不是开销不过去的！"他说，心里倒有点痛快。

"这样赚不来，赚那样！"轧米船的老板林吉康却忽然想出别的方法来了。

他自己本来在北碶市开着永泰米行的，现在既然发达不开去，停了又不好，索性叫轧米船带卖米了。

现在轧米船才成了伊新叔的真正的对头了。它把价钱定得比伊新叔的低。伊新叔历来对人谦和。又肯帮别人的忙，又可以做账，他起初以为这项生意谁也抢他不过，却想不到轧米船把米价跌了下来，大家争着往那里去买了。上白，中白，倒还不要紧，吃白米的人本来少，下白可不同了，而轧米船的下白，却偏偏格外定得便宜。

"这东西害了许多人，还要害我吗？"他自言自语的说。扳起算盘来一算，照它的价钱，还有一点钱好赚。

"就跌下来，照你的价钱，看你抢得了我的生意不能！"伊新叔把米价也重新订过了，都和轧米船的一样：上白六元二角算，中白五元六角算，下白由五元算改成了四元八角。

伊新叔看见轧米船的生意又失败了，薛家村里的人到底和伊新叔要好。这样一来，又全到昌祥南货店来籴米了，没有一个人再到轧米船去籴米。

"机器米，滑头货！吃了生脚气病，哪个要吃！"

林吉康看见轧米船的米生意又失败了，知道是伊新叔也跌了价的原因，他索性又跌起价来。他上中白的米价再跌了五分，下白竟又跌了一角。

伊新叔扳了一扳算盘。也就照样的跌了下来。

生意仍是伊新叔的。

然而林吉康又跌米价了：下白四元六。

伊新叔一算，一元一角算潮谷，燥干扇过一次，只有九成。一石米，就要四元谷本，一天人工三角半，连饭菜就四元四角朝外了，再加上屋租，捐税。运费。杂费。利息，只有亏本，没有钱可赚。

跟着跌不跌呢？不跌做不来米生意。新谷又将上市了，陈谷积着更吃亏。他只得咬着牙齿，也把米价跌了价。

现在轧米船的老板林吉康仿佛也不想再亏本了。轧米船索性不来了。他让它停在北碚市的河边，休了业。

伊新叔透了一口气过来，觉得亏本还不多，下半年可以补救的。

"瞎弄一场。想害人还不是连自己也害进在内了！"他嘘着气说，"不然，怎么会停办呢！"

但是他却没有想到林吉康已经下了决心，耍弄倒他。

轧轧轧轧……

秋收一过，轧米船又突然出现在薛家村了。

它依然轧米又卖米。但两项的价钱都愈加便宜了。拿米去轧的，只要一角五分，依照了薛家村从前的要求。米价却一天一天便宜了下来。一直跌到下白四元算。

伊新叔才进了一批新谷，拼了命跟着跌，只是卖不出去。薛家村里的人全知道林吉康在和伊新叔斗花样，亏本是不在乎的，伊新叔跌了，林吉康一定还要跌。所以伊新叔跌了价，便没有人去买，等待着第二天到轧米船上去买更便宜的米。

伊新叔觉得实在亏本不下去了，只得立刻宣布不再做米生意，收了一半场面，退了工人，预备把收进来的谷卖出去。

"完啦，完啦！"他叹息着说，"人家本钱大，亏得起本，还有什么办法呢！"

然而林吉康还不肯放过他。他知道伊新叔现在要把谷子卖出去了，他又来了一种花样。新谷一上场，他早已收入许多谷，现在他也要大批的出卖了。他依然不怕亏本，把谷价跌得非常的低。伊新叔不想卖了，然而又硬不过他。留到明年，又不知道年成好坏，而自己大批的谷存着，换不得钱，连南货店的生意也不能活动了。他没有办法，只得又亏本卖出去。

轧轧轧轧……

轧米船生意又好了。不但抢到了米生意，把工人的生意也抢到了。它现在三天一次，二天一次，有时每天到薛家村来了。

"恶鬼！"伊新叔一看见轧米船，就咬住了牙齿，暗暗的诅咒着。他已经负上了一笔债，想起来又不觉恐慌起来。他做了几十年生意，从来不曾上过这样大当。

伊新叔看着轧米船的米生意好了起来，米价又渐渐高了，他的谷子卖光，谷子的价钱也高了。

"不在乎，不在乎！"伊新叔只好这样想，这样说，倘若有人问到他这事情。"这本来是带做的生意。这里不赚那里赚！我还有别的生意好做的！"

真的，他现在只希望在南货杂货方面的生意好起来了。要不是他平时还做着别的生意，吃了这一大跌，便绝对没有再抬头的希望了。

他这昌祥南货店招牌老，信用好之外，还有一点最要紧的是地点。它刚在河北桥桥头第一家，街的上头，来往的人无论是陆路水路，坐在柜台里都看得很清楚。市日一到，担子和顾客全拥挤在他的店门口，他兼做别的生意便利，人家问他买东西也便利。房租一年四十元，双间门面，里面有栈房厨房，算起来也还不贵。米生意虽然不做了，空了许多地方出来，但伊新叔索性把南货店装饰起来，改做了一间客堂，样子愈加阔气了。到他店里来坐着闲谈的人本就不少，客堂一设，闲坐的人没有在柜台内坐着那样拘束，愈加坐得久了。大家都姓薛，伊新叔向来又是最谦和的，无论他在不在店里，尽可坐在他的店里，闲谈的闲谈，听新闻的听新闻，观望水陆两路来往的也有，昌祥南货店虽然没有经理，账房，伙计，学徒，给他们这么一来，却一点不显得冷落，反而格外的热闹了。

但这些人中间有照顾伊新叔的，也有帮倒忙的人。有一天，忽然有一个人在伊新叔面前说了这样的话：

"听说轧米船生意很好，林吉康有向你分租一间店面的意思呢！"

伊新叔睁起眼睛，发了火，说：

"——哼！做梦！出我一百元一月也不会租给他！除非等我关了门！"他咬着牙齿说。

"这话不错！"大家和着说。

说那话的是薛家村的村长，平时爱说笑话，伊新叔以为又是和他开玩笑，所以说出了直话，却想不到村长说这话有来因，他已经受了林吉康的委托。伊新叔不答应，丢了自己的面子，所以装出毫无关系似的，探探伊新叔的口气。果然不出他所料，伊新叔一听见这话不管是真是假，就火气直冲。

"就等他关了门再说！"林吉康笑了一笑说。他心里便在盘算，怎样报这一口气。

他现在不再显明的急忙的来对付伊新叔，他要慢慢的使伊新叔亏本下去。最先他只把他隆茂酱油店的酱油减低了一两个铜板的价钱。

北碚市到薛家村只有二里半路程，眨一眨眼就到。每天每天薛家村里的人总有几个到北碚市去。虽然隆茂的酱油只减低了一两个铜板，薛家村里的人也就立刻知道。大家并不在乎这二里半路，一听到这消息，便提着瓶子往北碚市去了。

"年头真坏！"伊新叔叹息着说，他还没有想到又有人在捉弄他。他觉得酱油生意本来就不大，不肯跟着跌，想留着看看风色。

过了不久，老酒的行情却提高了。许多人在讲说是今年的酒捐要加了，从前是一缸五元，今年会加到七元。糯米呢，因为时局不太平，又将和南稻谷一齐涨了起来。

"这里赚不来，那里赚！"伊新叔想。他打了一下算盘，看看糯米的价钱还涨得不多，连忙办好一笔现款，收进了一批陈酒。

果然谷价又继续涨了，伊新叔心里很喜欢。老酒的行情也已继续涨了起来，伊新叔也跟着行情走。

但是不多几天，隆茂的老酒却跌价了。伊新叔不相信以后会再便宜。他要留着日后卖，宁可眼前没有生意，也不肯跟着跌。于是伊新叔这里的老酒主顾又到北碚市去了。

北碚市的隆茂酱油店跌了几天，又涨了起来，涨了一点，又跌了下来，伊新叔愈加以为林吉康没有把握，愈加不肯跟着走。

九月一到，包酒捐的人来了。并没有加钱。时局也已安定下来。老酒的行情又跌了，伊新叔这时才知道上了当，赶快跟着人家跌了价。但隆茂仿佛比他更恐慌似的，卖得比别人家更便宜，跌了又跌，跌了又跌，三十个铜板一斤的老酒，竟会一直跌到二十个铜板。

伊新叔现在不能不跟着走了。别的店铺可以把酒积存起来，过了一年半载再卖，他可不能。他的本钱要还，利息又重，留上一年半载，谁晓得那时还会再跌不会呢！单是利上加利也就够了。

这一次亏本几乎和米生意差不多，使他起了极大的恐慌。他现在连酱油也不敢不跌价了。

然而伊新叔是一生做生意的，人家店铺的发达或倒闭，他看见了不晓得多少次。他一方面谨慎，一方面也有着相当的胆量。他现在虽然已经负了债，他仍有别的希望。

"二十几岁起到现在啦！"他说。"头几年单做南货生意也弄得好好的！"

"看着吧！"林吉康略略的说，"看你现在怎样！"

他又开始叫天生祥南货店廉价了。从北碚市到薛家村，他叫人一路贴着很触目的大廉价广告。这时正是年关将近，家家户户采购南货最多的时候，往年逢到配货的人家送一包祭灶果的，现在天生样送两包了，而且价钱又便宜了许多。薛家村里的人又往北禊市去了。到了十二月十五，昌祥南货店还没有过年的气象。伊新叔跟着廉起价来，但还是生意不多。平日常常到他店堂里来坐着闲谈的那些人，现在也几乎绝迹了，他们一到年关，也有了忙碌的事情。同时银根也紧缩起来，上行一家一家的来了信，开了清单来，钱庄里也来催他解款了。

伊新叔看看没有一点希望了。这一年来为了造屋子，用完了钱还借了一些债，满以为一年半载可以赚出来还清，却不料米和酒亏了本，现在南货又赚不得钱。倘不是他为人谦和，昌祥南货店的招牌老，信用好，早已没有转折的余地，关上门办倒账了。幸亏薛家村里的一些婆婆嫂嫂对他好，信任他，儿子丈夫寄来的过年款或自己的私钱，五十一百的拿到他那里来存放，解了他的围。

年关终于过去了。伊新叔自己知道未来的日子更可怕，结果怎样几乎不愿想了。但他也不能不自己哄骗着自己，说：

"今年再来过！一年有一年的运气！林吉康不见得会长久好下去，他倒起来更快！那害人的东西，他倒了，没有一点退路，我倒了还可以做'称手'过日子的！"

真的，伊新叔没有本钱，可以做"称手"过日子的。一年到头有得东西称。白菜，萝葡，毛笋，梅子，杏子，桃子，西瓜，脆瓜，冬瓜……还有逢二四五七九的柴。

单是称柴的生意也够忙碌了，今天跑这里兜主顾，明天跑那里兜主顾。

"这柴包你不潮湿！"他看见品生婶在用手插到柴把心里去，就立刻从桥上站起来，止住了她，说。"有湿柴，我会给你拣出的！价钱不能再便宜了，五元二角算。"

"可以少一点吗?"品生婶问了。

"给你称得好一点吧，"伊新叔回答说。"价钱有行情，别地方什么价钱，我们这里也什么价钱，不能多也不能少的。买柴比不得买别的东西。我自己家里烧的也是柴，巴不得它便宜一点的。就是这两担吗?——来。抬起来！——四十八！——你看，这样大的一头柴，只有四十八斤，燥得真可以了！——五十！——五十一！——四十九！……"

轧轧轧轧……

轧米船在河北桥的埠头边响起来了。

伊新叔的眼前全是窒息的黑圈，滚着滚着，笼罩在他的四围，他透不过气，也睁不开眼来，他觉得自己瘫软得非常可怕，连忙又拖着秤坐倒在桥上。

轧轧轧轧……

他听见自己的心也大声的响了起来。它在用力的撞着。他觉得他身内的精力，全给它撞走了，那里面空得那么可怕，正像昌祥南货店一样，门开着，东西摆着，招牌挂着，但暗地里已经亏了本钱，栈房里的货旧的完了，新的没有进，外面背了一身债，毛一样的多……

"称一斤三全，伊新叔！"吉生伯母来买东西了。

伊新叔开开柜屈来，只剩了半斤龙眼。

他跑到栈房里，那里只有生了白花的黑枣。

再跑到柜台内，拉出几只柜屉来看，那里都是空的。他连忙遮住了吉生伯母的眼光，急速地推进了柜屉。

"卖完了，下午给你送来，好么？"

吉生伯母摇了摇头，走了。

他看见她的眼光里含着讥笑的神情。仿佛在说："你立刻要办倒账啦！我知道！"

"一听罐头笋！"本全婶站在柜台外，说。

"请坐！请坐！"伊新叔连忙镇定下来，让笑容露在脸上，说。一面怕她看见不自然的神色，立刻转过身来，走到了橱边。

他呆了一会，像在思索什么似的，总算找到了一听。抹了一抹灰。

"怎么生了锈？拣一听好的吧！"本全婶瞪起奇异的眼光，说。

"外面不要紧，外面不要紧！运货的时候下了雨，所以生锈啦。你拿去不妨，开开来坏了再来换吧！"他这么说着，心里又起了恐慌。他看见本全婶瞪着眼在探看他的神色，估量店内的货物。她拿着罐头笋走了，她仿佛在暗地说："昌祥南货店要倒啦！"

"要倒啦！要倒啦！"伊新叔听见她走出店门在对许多人说。

"要倒啦！要倒啦！"外面的人全在和着，向他这边走了过来。

伊新叔连忙开开后门，走到了桥上。

"柴钱一总多少，请你代我垫付了吧！"品生婶说。

这话不对，她有钱存在他这里，现在要还了！

"我五十！"

"我一百！"

"我三百！"

"还给我！伊新叔！"

"…………"

"…………"

"…………"

轧轧轧轧……

"把新屋子卖给我偿债!"

轧轧轧轧……

"把店屋让给我!"

轧轧轧轧……

长生嫂,万福婶,咸康伯母,阿林侄,贵财叔,明发伯,本全婶,辛生公,阿根嫂,梅生驼背,阿李拐脚,三麻皮,……上行,钱庄……全来了,黑圈似的漫山遍野的向他滚了过来。

伊新叔从桥栏上站了起来,把柴秤丢在一边。他知道现在连这一分行业也不能再干下去了。他必须立刻离开这里。

"好吧,好吧,明天是市日。明天再来!包你们有办法的!"

他说着从桥上走了下来。

轧轧轧轧……

他听见自己的脚步也在大声的响着。

（选自短篇小说集《崔鼠集》,1935年12月,文化生活出版社）

河边

是忧郁的暮春。低垂着灰暗阴沉的天空。斜风挟着细雨，一天又一天，连绵着。到处是沉闷的潮湿的气息和低微的抑郁的呻吟——屋角里也是。

"还没晴吗？——"

每天每天，明达婆婆总是这样的问着，时时从床上仰起一点头来，望着那朝河的窗子。窗子永远是那样的惨澹阴暗，不分早晨和黄昏。

tak，tak 是檐口的水滴声，单调而又呆板，缓慢地无休止的响着。tink，tink……是河边垂柳的水滴声，幽咽而又凄凉，栗颤地无穷尽的响着。厌人的长的时间，期待的时间。

河水又涨了。虽然是细雨呵，这样日夜下着。山里的，田间的和屋角的细流全汇合着流入了这小小的河道。皱纹下面的河水在静默地往上涌着，往上涌着……

"还没晴吗？……"

每天每天，明达婆婆总是这样的问着，仿佛这顷刻间雨就会停止下来似的。她明知道那回答是苦恼的，但她仍抱着极大的希望期待着。她暂时忘记了病着的身体的疼痛和蕴藏在心底的忧愁，她的深陷的灰暗的眼球上闪过了一线明亮活泼的光，她那干枯的呆笨的口唇在翕动着，微笑几乎上来了。

但这也只有一霎那。朦胧无光的薄膜立刻掩上她的眼球，口唇又呆笨地松弛着。一滴滴的雨声仿佛敲在她的心上，忧苦的皱纹爬上了她的面部，她的每一支血管和骨髓似乎都给那平静的河水充塞住了。浑身是痉挛的疼痛。

"这样的天气，这样的天气……"

她叹息着，她呻吟着。

天晴了，她会康健；天晴了，她的儿子会来到。她这么相信着。但是那雨，只是苦恼地飘着，一刻也不停歇。一秒一分，一点一天，已经是半个月了，她期待着。而那希望依然是渺茫的。

有三年不曾回家了，她的唯一的儿子。他还能认得她吗，当他回到家里的时候？她已是这样的衰老，这样的消瘦。谁能晓得，她在这世上，还有多少时日呢？风中之烛呵，她是。

然而无论怎样，她得见到他，必须见到他。那是不能瞑目的，倘若在他来到之前，她就离开了这人间。她把他养大，是受了够多的辛苦的。她的一生的心血全在他身上。而现在，她的责任还没有完。她必须帮他娶一个媳妇。虽然他已经会赚钱了，但也得靠她节省，靠她储蓄。幸福吗？辛苦一生，把他养大，看他结婚生孩子，她就够了。但是现在，这愿望还没完成，她要活下去。

什么时候能够恢复健康呢？天晴了，就会爬起来的。而那时，她的儿子也就到了。屋中的潮湿的发霉的气息是使人窒息的，但是天晴了，也就干燥而且舒畅。檐口的和垂柳的水滴声是厌人的，但是天晴了，便将被清脆的鸟歌和甜蜜的虫声所替代，——还有那咕呀咕呀的亲切的桨声。

"是谁来了呢？……"

每次每次，当她听到那远远的桨声的时候，她就这样问着，叫她的十五岁女儿在窗口望着。没有什么能比这桨声更使她兴奋了，她兴奋得忘记了自己的病痛。他来时，就是坐着这样的船来的，远远地一声一声的叫着，仿佛亲切地叫着妈妈似的，渐渐驶了近来，停泊在她的屋外。

那时将怎样呢？日子非常的短，非常的短了。

她是一个勤劳的，良善的女人；一个温和的，慈爱的母亲。而她又有一颗敬虔的心，对于那冥冥中的神。

看呵，慈悲的菩萨将怜悯这个苦恼的老人了。一天又一天，或一个早晨，阳光终于出现了，虽然细雨还没停止。而她的儿子也果然到了她的面前。

"是呵，我说是可以见到你的，涵子！……"她笑着说，但是她的声音战栗得哽住了。她的干枯的眼角挤出来了两颗快乐的眼泪。世界上没有什么比立在她眼前的儿子更宝贵了。而这三年来，他又变得怎样的可爱呵。

已经是一个大人了，高高的，二十岁年纪，比出门的时候高过一个头。瘦削的面颊变成了丰满，连鼻子也高了起来。稳重的姿态，洪亮的声音，沉着的情调，是个老成的青年。真像他的年青时候的父亲。三年了，好长的三年，三十年似的。他出门的一年还完全是个孩子，顽皮的孩子。一天到晚蹲在河边钓鱼，天热了，在河里泅着，没有一刻不使她提心吊胆。

"苦了你了，妈……"涵子抽噎起来，伏在她的床边。

这样的话，他以前是不会说的，甚至还不晓得，只晓得什么事情都怪她，对她发脾气，从来不对她流这样感动的眼泪。是个硬心肠的人。但他现在含着悲酸的眼泪，只是亲切地望着她，他的心在突突的跳着，他的每一根脉搏在战栗着。他看见他的母亲变得怎样的可怕了呀。

三年前，当他出门的时候，她的头发还是黑的厚的，现在白了，稀了。她那时有着强健的身体，结实的肌肉，现在瘦了，瘦得那样，只剩了一副骨骼似的。从前她的面孔是丰满的，现在满是皱纹，高高地冲出着颧骨。口内的牙齿已经脱去了一大半。深陷的眼睛，没有一点光彩，蒙着一层薄膜。完全是另一个模样了。倘若在路上见到她，涵子决不会认识她。

"到城里去吧，妈，那里有一个医院，你住上半月，就很快的好了……"涵子要求说。

但是她摇了一摇头：

"你放心，这病不要紧……你来了，我已经觉得好了许多呢……你在路上两三天，应该辛苦了，息息吧……学堂里又是日夜用心费脑的……梅子怎么呀？快去要你婶子来，给你哥哥多烧几碗菜……"

随后她这样那样的问了起来。气候，饮食，衣服……非常的详细，什么都想知道，怎样也听不厌，真的像没有什么病了。这只是一时的兴奋，涵子很明白。他看见她不时用手按着心口，不时用手按着头和腰背，疲乏地喘着气。

"到城里的医院去吧，妈……"涵子重又要求说。"老年人呵……"

"菩萨会保佑我的，"她坚决地说。"倘若时候到了，也就不必多用钱。——我要在家里老的。"

涵子苦恼地沉默了。他知道她母亲什么都讲得通，只有这一点是最固执的，和三年前一样，和二十年前一样。她相信菩萨，不相信人的力。火车，飞机，轮船，巨大的科学的出品摆在她眼前。甚至她日用的针线衣服粮食，没有一样不经过科学的洗礼，时时刻刻证明着神的世界是迷信的，但她仍然相信着神的权力。她舍不得吃，舍不得穿，什么都要省俭，但对于迷信的事情却舍得用钱。那明明是骗局：懒惰的和尚尼姑们，什么工作也不做，只靠几尊泥塑的菩萨哄骗愚夫愚妇去拜佛念经，从中取利。说是修行，实际上却是无恶不作的。

"菩萨会保佑我的。"而他的母亲生着重病，不相信医药，却相信神的力。她现在甚至要到寺院里去求神了。菩萨怎样给她医病呢？没有显微镜，没有培养器，没有听诊器，没有温度表，一个泥塑的偶像，能够知道她生的什么病吗？然而她却这样的相信，这样的相信，点上三炷香，跪下去叩了几个头，把一包香灰放在供桌前摆了一会，就以为菩萨给她放了灵药，拿回来吞着吃了。这是什么玩意呀？涵子想着想着，愤怒起来了。

"菩萨会保佑，你早就不会生病了！"他愤然的说。

"还不是全靠的菩萨，能够再见到你？"

"那是我自己要来的！菩萨并没有叫我回来!"

"我能够活到今天，便是菩萨保佑……"

"菩萨在哪里呢？你看见过吗？"

"呵，哪里看不到。你难道没到过庙堂寺院吗？……"

"泥塑木雕的偶像，哼！打它几拳，又怎样!"涵子咬着牙齿说。

"咳，罪过，罪过……"她忽然伤心了。"我把你养大，让你进学校，你现在竟变到这样了……你从小本是很敬菩萨的……你忘记了，你十五岁的时候，生着很大的病，就是庙里求药求好的……"

"那是本来要好了。或者，病了那么久，就是求药求坏的。听了医生的话，早就不会吃那么大亏的。"

"你没有良心！我哪种药没有给你吃，哪个医生没有请到，还说是求药求坏的！……"

三年不见了，她的心爱的儿子忽然变得这样厉害，她禁不住流出眼泪来。她懊恼，她怨恨，她想起来心痛。儿子虽然回来了，却依然是非常的寂寞，非常的孤独。

"做人真没味呵……"她喃喃的叹息着，觉得活着真和做梦一般。刚才仿佛过了，现在又听到了那乏味的忧愤的声音：

tak，tak……檐口的水滴声缓慢地无休止的响着，又单调又呆板。

tink，tink……河边垂柳的水滴声栗颤地无穷尽的响着，又幽咽又凄凉。

窗子外面的天空永远是那么惨澹阴暗，她的一生呵……

她低低地哭泣了。

"妈！你怎么呀？……病着的身体呀……饶恕我……我粗鲁……我陪你去，只要你相信呀！"

涵子着了急。他不能不屈服了，见到他母亲这样的伤心。他一面给她拭着眼泪，一面坚决地说：

"无论哪一天，你要去，我就陪你去。"

"这样就对了，"她收了眼泪说。"你才回来，休息一天，后天是初一，就和我一道到关帝庙去吧……"

"落雨呢？"，

"会晴的。"

"不晴呢？……明天先请个医生来好吗？"

她摇了一摇头：

"我不吃药。后天一定会晴的……不晴也去得，路不远，扶着我……"

涵子点了点头，不敢反对了。但他的心里却充满了痛苦。他和母亲本是一颗心，生活在同一个世界上的；现在却生出不同来。在他们中间隔下了一条鸿沟，把他们的心分开了，把他们的世界划成了两个。母亲够爱他了，为着他活着，为着他苦着，甚至随时准备着为他牺牲生命，但对于她的信仰，却一点不肯放弃。而这信仰却只是一种迷信，一种愚蠢，她相信菩萨。既不知道神的历史和来源，也不了解教条和精神。她只是一味的盲从，而对于无神论者不但不盲从，却连听也不愿意听。无论拿什么证明给她看，都是空的。

而他自己呢？他相信科学，并不是盲从，一切都有真凭实据的真理存在着的。
在二十世纪的今日，他决不能跟着他母亲去信仰那泥塑木雕的偶像，无论他
怎样的爱她母亲。他们中间的这一条鸿沟真是太大了，仿佛无穷尽的空间和
时间，没有东西可以把它填平，也没有法子可以跨越过去。他的痛苦也有着
这么大。

现在，他得陪着他母亲去拜菩萨了。他改变了信仰吗？决不。他不过照
顾他病着的母亲行走罢了。他暗中是怀着满腹的讥笑的。

"下雨也去吗？"

"也去的。"

四月初一的早晨，果然仍下着雨，她仍要去。

为的什么呢？为的求药！哼！生病的人，就不怕风和雨了！仿佛已经给
菩萨医好了病似的！这样要紧。仿佛赶火车似的！仿佛奔丧似的！仿佛逃难
似的！仿佛天要崩了，地要塌了似的！……这简直比小孩子还没有知识，还
糊涂！那边什么也没有，这里就先冒了个大险！这样衰弱的身体，两腿站起
来就发抖，像要立刻栽倒似的！而她一定要去拜菩萨！拜泥塑木雕的偶像！
一无知觉的偶像！

"香火受得多了，自然会灵的，"她说。

那么连那里的石头也有灵了！桌子也有灵了！凳子也有灵了！屋子也有
灵了！一切都该成了妖精了！

就假定那泥塑木雕的关帝有灵吧，他懂得什么呀，那个红面孔的关云长？
他几时学过医来？几时尝过百草？他活着会打杖，死后为什么不把张飞救出
来，刘备救出来，诸葛亮救出来？为什么要眼望着蜀国给人家并吞呢？

"那是天数，是命运注定了的。"

那么，生了病，又何必求药呢？既然死活都是天数。都是命运注定了的！
没有一点理由！一丝一毫也没有！而她却一定要去！给她扶到船上，盖着很
厚的被窝，还觉得寒冷的样子。这样老了，什么都慎重得利害的，现在却和
自己开这么可怕的玩笑，儿戏自己的生命！

"唉，唉……"

涵子坐在船上，露着忧郁的脸色，暗暗地叹着气。他同他母亲在同一个

天空下，在同一个时间里，在同一只船上，在同一条河上，听着同一的流水声，看着同一的细雨飘，呼吸着同一的空气，而他和他母亲的思想却是那么样的相反，中间的距离远至不堪言说，永无接近的可能……横隔在他们中间的，倘若是极大的海洋，也有轮船可通；倘若是大山，也有飞机可乘，而他们的心几乎是合拍地跳着的，竟被分隔得这样可怕……

看呀，他现在是怎样的讥笑着，反对着那偶像和他母亲的迷信，怎样苦恼着焦急着他母亲的病，而他母亲呢？

她非常的敬虔，非常的平静，她确信她这次的病立刻会好了。她头一天晚上就预备得好好的：洗脚梳头备香烛，办金箔，已经开始喃喃地念着她所决不了解也不求了解的经句。睡在床上只是翻来覆去的等天亮。东方才发白，她已经穿好衣服，斜坐在床上了。倘若不是生着病，这时已经到了庙里，跪在香案前呢。一早下着雨，她不再问"还没晴吗"，也不再怨恨似的说"这样的天气，这样的天气"。这两天，这寒凉的，潮湿的，忧郁的暮春天气，在她仿佛和美丽的晴天一样。她心里非常的舒畅，眼前闪耀着光明的快乐的希望。她不说半句不吉利的话，不略略皱一下眉头，什么也不想，只是一心一意的喃喃地念着经句，仿佛她只有一颗平静如镜的心，连那痛苦的躯壳也脱离了似的。虽然是下着细雨，吹着微风，船在河面驶着，依然是相当喧扰的：咕呀咕呀的船桨声，汩汩的破浪声，两岸淙淙的沟流声，行人的脚步声，时或远远地呜呜的汽车或汽船的汽笛声，某处咕咕的斑鸠唤雨声，一路上埠头边洗衣女人嘻嘻哈哈的笑语声，水面上来去的船只喧闹声，……但是这一切，她都没有听见，没有看见，她仿佛已经离开了这世界，到了清默寂寞的天堂似的。

"唉唉，……"

涵子一路叹息着，几乎发出声音来了。为了母亲，他现在是把他的痛苦紧紧地压在心里。但这痛苦却愈压愈膨胀起来，仿佛要爆裂了。他仰着头，望天空，天空是那样的灰暗阴沉，无边的痛苦似的。他望着细雨，细雨像在低低的哭泣。他望着河面，河面蹙着忧苦的皱纹也对他望着。他转过脸去，对着两岸，两岸的水沟在对他诉苦似的呻吟着。

"苦呀，苦呀……"船桨对他叫着似的。

接着是一声声"唉，唉"的船夫叹息声。

"哈哈哈哈……"两岸埠头上的女人笑了起来，仿佛看见了他和她母亲中间隔着的那一条鸿沟。

涵子几乎透不过气了，连那潮湿的空气也是沉闷的窒息的。

船靠埠头了。要不是他母亲叫他，涵子简直还以为船仍在河的中心走着。"滑稽的世界！"涵子自言自语的说，看着岸边，不觉好笑起来。

这里已经停满了船了：小的划子，大的摇船，有许多连篷边没有，在这样风雨的天气。有几只是二十里外的峦里来的，他看着船名就知道。有几只船上还载着兜子，那一定是更远在深山冷峦里了，或者是病得很厉害。

他扶着他母亲走上岸来，一所堂皇华丽的庙宇和热闹的人群就映入了他的眼帘。这还是初一，如果是诞辰，还不晓得热闹到什么样子呢。

白了头发的，脱了牙齿的，聋了耳朵的，瞎了眼睛的，老的小的，男的女的，坐着摇篮，坐着轿子，坐着船，从旱路，从水路，远远近近的来了，这中间，有的肿着眼睛，有的生着疮，有的烂着腿，有的在咳嗽，有的在发热，有的是肺病，有的是肠胃病，有的是心脏病，……这些人都是来求药的，他们都把关帝菩萨当做了内外科，妇人科，小儿科，一切疾病的治疗者。此外有些康健的人是来求财，求子孙，问寿命，问信息。把关帝菩萨当做了无所不能，无所不知的万能者。一个一个拿着香烛进去，一个一个拿着香灰或签司出来。有的忧愁着，有的呻吟着，有的叹息着，有的流着眼泪，有的微笑着。他们生活在各种不同的屋角里，穿着各种不同的衣服，露着各种不同的面色，抱着各种不同的希望和要求，而他们的信仰却是一致的。

"愚蠢的人们……"涵子暗暗地说着，扶着他的母亲走到了关帝庙的门口。那门口有着一片好大的广场，全用平滑的细致的石板铺着。左右两旁竖着高入云霄的旗杆，前面一个广大的圆池，四围用石栏杆绕着。走上高的石级，开着三道巨大的红漆的门，门口蹲着两个高大的石狮子。两边站着一个雄壮的马和马夫。香烟的气息就在这里开始了。大家都在这里礼拜着。

"让我点香呵……"明达婆婆说着，从涵子的手臂中脱出手来，衰弱无力地战栗着，燃着了火柴。

"我给你插吧，"涵子苦恼地说着，"你没有一点气力呀！"

他接着香往香炉里插了下去，但他的心里充满了愤怒，这是一匹马，一匹泥塑的马！有着思想，有着情感的动物中最智慧的人现在竟向这样的东西行礼了！而且还不止一个人，无数的，无数的男女老少，连他也轮到了点香的义务！要不是为了母亲，他几乎把香摔在那东西上面，用什么棍子敲毁了那塑像！

三个好高大的门限，他吃力地扶着他母亲跨了进去，就是宽阔的堂皇的走廊。脚下的石板是砌花的，红漆的柱子和栋梁上都有着精细的雕刻，墙上挂满了金光夺目的匾额和各色的旗幡，上面写着俗不可耐的崇拜与称扬的语句。墙的下部份砌着许许多多石刻的碑铭，一样地不值得一读的语句，下面署着某某善男或信女的名字。

"哼！……"涵子暗暗地自语着，"都是好人，到这里来的！但是我们社会的黑暗，社会的腐败，贪婪残暴的恶人从哪里来的呢？……"

他愤怒地对着那些来来去去的男女老少射着轻蔑的眼光。他看见他们都把头低下了，非常惭愧，非常内疚似的，静默得只听见轻缓的脚步声，微细的衣服摩擦声，和低低的暗祷声。

"看你们这些人出了庙门做些什么！争闹，欺骗，骄傲，凶横残忍……"

他现在绕过一个大院子，走上一个雕刻的石级，到了第二道门了。这里的柱子，栋梁，墙壁和门道，雕刻得愈加精细，仿佛是以前的皇宫一般，金光灿烂。门的两边竖着很大的木牌，写着"肃静回避"几个大字。走进门，又是非常宽阔的走廊，走廊又是许多旗幡，匾额和碑铭，外面还装着新式韵玻璃门窗。广大的院子中间筑着一个华丽的戏台，面对着正中的大殿，倘若演戏了，那是演给菩萨看的。

"菩萨也要看戏！原来是个凡俗的菩萨！"涵子不觉苦笑起来。

这些人们真是够愚蠢了，他觉得。他们一面把菩萨当做了万能的，全知的，一面又把他当做平凡的愚笨的，和他们一模一样。

绕过围廊。他扶着母亲走进大殿了。这里简直是惊人的华丽。和溜冰场一样光滑的发光的石板，两抱粗的柱子，巨大的细致的铜炉，红木的雕刻的供桌，金碧辉煌的神龛，光彩焕发的泥像。关羽，周仓，关平。两旁神龛中还站着四个判官一类的神像，这连涵子也不晓得是谁了。关羽在这里仿佛做了皇帝，那些是他的文武官员似的。大殿中迷漫着香烟的气息，涵子几乎窒息了。而在这气息里面还夹杂肉的气息，鱼的气息。原来那偶像是吃荤的。

而那些顶礼的人们呢？却都是斋戒沐浴了来，奉行着佛教徒的习惯。他们都说自己是善男信女，而关羽活着的时候却是以善于杀人出名的。

一他抬起头来，望见了上面两块大匾，一边是"正义贯天"四个字，一边是"保国福民"四个字。

"哼！……"涵子又愤怒了。

这偶像在怎样的"保国福民"呢？他叫人民迷信，叫人民服从，叫人民否认现实的世界，叫人民忘却自己的"人"的能力！社会的经济破产了，国家将亡了，他还在不息地吮吸着人民的脂膏，造下富丽堂皇的王宫似的庙宇来供奉他的偶像！他在祸国，他在殃民。他的罪恶是贯天的！……

"快些点起香烛吧……"他母亲说着，已经跪倒在拜凳上。

他愤怒地咬着牙齿，点起香烛，几乎眼中喷出火来！——他要烧掉这庙宇！

"唉，唉……"他又痛苦地叹息起来。

那是完全为了他母亲，为了他母亲呵。

他母亲是多么的敬虔，多么的深信。她伏在拜凳上是那样的安静，那样的舒畅。她低着头，微微地睁着眼，久久地等候着。她看见了金光的闪耀，神帷的荡动，伟大的庄严的神像的起立，明亮如电的目光的放射，慈悲的万能的手在香案上面的伸展，她甚至还闻到了一阵奇异的非人间所有的神药的气息，听见了洪亮的神的安慰的语声：

"给你加寿了……"

她感激地拜了几拜，缓慢地站起身来，充满了沉默的喜悦。她心头的一颗巨石落下了。她的眼前照耀着快乐的希望的光明。她走近香案，恭敬地取了香灰。但这时，她的另一个急切的愿望起来了。她要求那万能的全知的神给她解答。她取了两片木卦，重又跪倒在香案前，喃喃地祝祷了一会，把木卦举得高高的，往地上掷了下去。

是一阴一阳的胜卦。

她拾起来，喃喃地祈祷着，第二次掷了下去，也是胜卦。第三次义是胜卦。她抑制着最大的喜悦，感激地拜了几拜，这才站了起来。

"你去看一看卦牌，是怎样讲的吧，涵子，我求得了三胜卦呵……"

"呃！只怕太好了呀，看它做什么！"涵子摇着头说。

"自然是好卦，——但你给我看来吧，听见吗？"

"哼！专门和我开玩笑似的……"涵子喃喃地说着，终于苦恼地走近了那厌憎的卦牌：

"日出东方，前程亨泰。"他懒洋洋的念着。

她母亲微笑了。那样的快乐，是他回家后第一次的快乐的微笑。她的病仿佛好了。她的脚步很轻快，虽然一手扶着涵子的手臂，涵子却觉得非常轻松，没有扶着他似的。他们很快的走出了庙宇。

涵子惊异了一会，又立刻起了恐惧和痛苦。他知道这是他母亲的心理作用，病原并没有真正的去掉。他相信她的精神是过度的兴奋，不久以后，她的病会更加增重起来，尤其是疲劳的行动和风寒的感染。

他们又坐着原船在河面上了。

斜风依然飘着细雨。天空依然是灰暗阴沉的低垂着。河面依然露着忧苦的深刻的皱纹。

而涵子也依然苦恼地沉着脸，对着他母亲坐着。

他刚才做了什么事呢？他，一个有着新的知识和思想的青年学生？他是相信科学的人，他是反对迷信的人。他有勇气，他有热诚，他抱着改革社会的极大的志愿。但是现在呢？他连那最爱他的自己的母亲也劝不醒来，也倔强不过她，也坚持不过她。他们中间距离是这样的远，这样的远，永没有接近的可能……

"涵子，你怎么老是这样的苦恼模样呵……"他母亲说了。"我的病已经好了，你不必忧愁呀……"

"我吗？……我没有什么，……"他喃喃地回答说，这才注意出了母亲下船后就是直着背坐着，很有精神的样子。

"你看，天就要晴了。"她微笑地安慰着他说。"日出东方……底下一句怎么呀？"

"日出东方，日出东方，天就会晴了吗？"涵子不快乐的说。

"那自然，菩萨说的……"

"谁相信！"

"你不相信也罢。我总是相信的……"

"你去相信吧；我，不。"他摇着头。

"那没关系……总之，天要晴了……日出东方……前程……你说呀，怎么接下去的。"

"前程吗？哼……前程亨泰呀！"

"可不是！……前程亨泰呵……"她笑了。"那是给你问的卦呀……你譬如东方的太阳呢……"

她笑了。她笑得这样的起劲，她的苍白的脸色全红了，连头颈也是红的。她的口角是那样的生动，那样的自然，和年轻人的一模一样。她的眼球上的薄膜消失了，活泼泼地发着明亮的光。她的深刻的颤动的皱纹下呈露着无限的喜悦。她仿佛看见了初出的太阳在她前面灿烂地升腾了起来，升腾了起来，仿佛听见了鸟儿的快乐的歌唱，甜蜜的歌唱。她的心是那样的平静清澈，仿佛是无际的碧蓝透明的天空。

他惊异地望着她，看不出她是上了年纪的人，看不出她有一点病容，只觉得她慈祥，快乐，活泼，美丽，和年青时候一样。

"我的病已经好了，"她继续着说，"你的前途是光明的，譬如日出东方……自从你出门三年，我没有一天宽心过，所以我病了，我知道的……现在我心头的一块石头落下了……"

涵子低下了头：

她三年来没有宽心过，自从他出门以后！

而她现在笑了，第一次快乐的笑了……

他感动地流下几滴眼泪，忘记了刚才的愤怒和痛苦。

"你还忧愁什么呢？"她紧紧地握着他的手，眼角润湿了。"我的病真的好了。我知道你相信医生，你真固执……你一定不放心，我明天就到城里的医院去，只要有你在我身边……"

大滴的眼泪从涵子的眼里涌了出来。

是忧郁的暮春。低垂着灰暗阴沉的天空。

河水又涨了。虽然是细雨呵，这样日夜下着。山里的，田间的和屋角的细流全汇合着流入了这小小的河道。皱纹下面的河水在静默地往上涌着，往上涌着，像要把他们的船儿浮到岸上来。

（选自短篇小说集《河边》，1937 年 1 月，上海良友图书印刷公司）

银变

一

赵老板清早起来，满面带着笑容。昨夜梦中的快乐到这时还留在他心头，只觉得一身通畅，飘飘然像在云端里荡漾着一般。这梦太好了，从来不曾做到过，甚至十年前，当他把银条银块一箩一箩从省城里秘密地运回来的时候。

他昨夜梦见两个铜钱，亮晶晶地在草地上发光，他和二十几年前一样的想法，这两个铜钱可以买一篮豆芽菜，赶忙弯下腰去，拾了起来，揣进自己的怀里。但等他第二次低下头去看时。附近的草地上却又出现了四五个铜钱，一样的亮晶晶地发着光，仿佛还是雍正的和康熙的，又大又厚。他再弯下腰去拾时，看见草地上的钱愈加多了。……倘若是银元，或者至少是银角呵，他想，欢喜中带了一点惋惜……但就在这时，怀中的铜钱已经变了样了；原来是一块块又大又厚的玉，一颗颗又光又圆的珠子，结结实实的装了个满怀……现在发了一笔大财了，他想，欢喜得透不过气来……于是他醒了。

当，当，当，壁上的时钟正敲了十二下。

他用手摸了一摸胸口，觉得这里并没有什么，只有一条棉被盖在上面。这是梦，他想，刚才的珠玉是真的，现在的棉被是假的。他不相信自己真的睡在床上，用力睁着眼，踢着脚，握着拳，抖动身子，故意打了几个寒噤，想和往日一般，要从梦中觉醒过来。但是徒然，一切都证明了现在是醒着的；棉被，枕头，床子和冷静而黑暗的周围。他不禁起了无限的惋惜，觉得平白地得了一笔横财，又立刻让它平白地失掉了去。失意地听着呆板的的答的答的钟声，他一直翻来覆去，有一点多钟没有睡熟。后来实在疲乏了，忽然转了念头，觉得虽然是个梦，至少也是一个好梦，才心定神安地打着鼾睡熟了。

清早起来，他还是这样想着：这梦的确是不易做到的好梦。说不定他又该得一笔横财了，所以先来了一个吉兆。别的时候的梦不可靠，只有夜半十二时的梦最真实，尤其是每月初一月半——而昨天却正是阴历十一月十五。

什么横财呢？地上拾得元宝的事，自然不会有了。航空奖券是从来舍不得买的。但开钱庄的老板却也常有得横财的机会。例如存户的逃避或死亡，放款银号的倒闭，在这天灾人祸接二连三而来，百业凋零的年头是普通的事。或者现在法币政策才宣布，银价不稳定的时候，还要来一次意外的变动。或者这梦是应验在

赵老板想到这里，欢喜得摸起胡须来。看相的人说过，五十岁以后的运气是在下巴上，下巴上的胡须越长，运气越好。他的胡须现在愈加长了，正像他的现银越聚越多一样——哈，法币政策宣布后，把现银运到日本去的买卖愈加赚钱了！前天他的大儿子才押着一批现银出去。说不定今天明天又要来一批更好的买卖哩！

昨夜的梦，一定是应验在这上面啦，赵老板想。在这时候，一万元现银换得二万元纸币也说不定，上下午的行情，没有人捉摸得定，但总之，现银越缺乏，现银的价格越高，谁有现银，谁就发财。中国不许用，政府要收去，日本可是通用，日本人可是愿意出高价来收买。这是他合该发财了，从前在地底下埋着的现银，忽然变成了珠子和玉一样的宝贵。——昨夜的梦真是太妙了，倘若铜钱变了金子，还不算希奇，因为金子的价格到底上落得不多，只有珠子和玉是没有时价的。谁爱上了它，可以从一元加到一百元，从一千元加到一万元。现在现银的价格就是这样，只要等别地方的现银都收完了，留下来的只有他一家，怕日本人不像买珠子和玉一样的出高价。而且这地方又太方便了，长丰钱庄正开在热闹的毕家碶上，而热闹的毕家碶却是乡下的市镇，比不得县城地方，容易惹人注目；而这乡下的毕家碶却又在海边，驶出去的船只只要打着日本旗子，通过两三个岛屿，和停泊在海面假装渔船的日本船相遇，便万事如意了。这买卖是够平稳了。毕家碶上的公安派出所林

所长和赵老板是换帖的兄弟，而林所长和水上侦缉队李队长又是换贴的兄弟。大家分一点好处，明知道是私运现银，也就不来为难了。

"哈，几个月后，"赵老板得意地想："三十万财产说不定要变做三百万啦！这才算是发了财！三十万算什么！……"

他高兴地在房里来回的走着，连门也不开，像怕他的秘密给钱庄里的伙计们知道似的。随后他走近账桌，开开抽屉，翻出一本破烂的《增广玉匣记通书》，出来。这是一本木刻的百科全书，里面有图有符，人生的吉凶祸福。可以从这里推求，赵老板最相信它，平日闲来无事，翻来覆去的念着，也颇感觉有味。现在他把周公解梦那一部分翻开来了。

"诗曰：夜有纷纷梦，神魂预吉凶……黄粱巫峡事，非此莫能穷。"他坐在椅上，摇头念着他最记得的句子，一面寻出了"金银珠玉绢帛第九章。"细细地看了下去。

金钱珠玉大吉利——这是第二句。

玉积如山大富贵——第五旬。

赵老板得意地笑了一笑，又看了下去。

珠玉满怀主大凶……

赵老板感觉到一阵头晕，伏着桌子喘息起来了。

这样一个好梦会是大凶之兆，真使他吃吓不小。没有什么吉利也就罢了，至少不要有凶；倘是小凶，还不在乎，怎么当得起大凶？这大凶从何而来呢？为了什么事情呢？就在眼前还是在一年半年以后呢？

赵老板忧郁地站了起来，推开《通书》，缓慢地又在房中踱来踱去的走了，不知怎样，他的脚忽然变得非常沉重，仿佛陷没在泥渡中一般，接着像愈陷愈下了，一直到了胸口，使他感觉到异样的压迫，上气和下气被什么截做两段，连结不起来。

"珠玉满怀……珠玉满怀……"他喃喃地念着，起了异样的恐慌。

他相信梦书上的解释不会错。珠玉不藏在箱子里，藏在怀里，又是满怀，不用说是最叫人触目的，这叫做露财。露财便是凶多吉少。例如他自己，从前没有钱的时候，是并没有人来向他借钱的，无论什么事情，他也不怕得罪人家，不管是有钱的人或有势的人，但自从有了钱以后，大家就来向他借钱了，今天这个，明天那个，忙个不停，好像他的钱是应该分给他们用的；无论什么事情，他都不敢得罪人了，尤其是有势力的人，一个不高兴，他们就说你是有钱的人，叫你破一点财。这两年来市面一落千丈，穷人愈加多，借钱的人愈加多了，借了去便很难归还，任凭你催他们十次百次，或拆掉他们的屋子把他们送到警察局里去。

"天下反啦！借了钱可以不还！"他愤怒地自言自语的说。"没有钱怎样还吗？谁叫你没有钱！没有生意做——谁叫你没有生意做呢？哼……"

赵老板走近账桌，开开抽屉，拿出一本账簿来。他的额上立刻聚满了深长的皱痕，两条眉毛变成弯曲的毛虫。他禁不住叹了一口气。欠钱的人太多了，五元起，一直到两三千元，写满了厚厚的一本簿子。几笔上五百一千的，简直没有一点希望，他们有势也有钱，问他借钱，是明敲竹杠。只有那些借得最少的可以紧迫着催讨，今天已经十一月十六，阳历是十二月十一了，必须叫他们在阳历年内付清。要不然——休想太太平平过年！

赵老板牙齿一咬，鼻子的两侧露出两条深刻的弧形的皱纹来。他提起笔，把账簿里的人名和欠款一一摘录在一个手折上。

"毕尚吉！……哼！"他愤怒的说，"老婆死了也不讨，没有一点负担，难道二十元钱也还不清吗？一年半啦！打牌九，又麻将就舍得！——这次限他五天，要不然，拆掉他的屋子！不要面皮的东西！……吴阿贵……二十元……赵阿大……三十五……林大富……十五……周菊香……"

赵老板连早饭也咽不下了，借钱的人竟有这么多，一直抄到十一点钟。随后他把唐账房叫了来说：

"给我每天去催，派得力的人去！……过了限期，通知林所长，照去年年底一样办！……"

随后待唐账房走出去后，赵老板又在房中不安地走了起来，不时望着壁上的挂钟。已经十一点半了，他的大儿子德兴还不见回来。照预定的时间，他应该回来一点多钟了。这孩子做事情真马虎，二十三岁了，还是不很可靠，老是在外面赌钱弄女人。这次派他去押银子，无非是想叫他吃一点苦，练习做事的能力。因为同去的同福术行姚经理和万隆米行陈经理都是最能干的人物，一路可以指点他。这是最秘密的事情，连自己钱庄里的人也只知道是赶到县城里去换法币。赵老板自己老了，经不起海中的波浪，所以也只有派大儿子德兴去。这次十万元现银，赵老板名下占了四万，剩下来的六万是同福木行和万隆米行的：‘虽然也多少冒了一点险，但好处却比任何的买卖好。一百零一元纸币掉进一百元现银，卖给××人至少可作一百十元，像这次是作一百十五元算的，利息多么好呵！再过几天，一百二十，一百三十，也没有人知道！……

赵老板想到这里，不觉又快活起来，微笑重新走上了他的眉目间。

"赵老板！"

赵老板知道是姚经理的声音，立刻转过身来，带着笑容，对着门边的客人。但几乎在同一的时间里，他的笑容就消失了，心中突突地跳了起来。

走进来的果然是姚经理和陈经理，但他们都露着仓皇的神情，一进门就把门带上了。

"不好啦，赵老板！……"姚经理低声的说，战栗着声音。

"什么？……"赵老板吃吓地望着面前两副苍白的面孔，也禁不住战栗起来。

"德兴给他们……"

"给他们捉去啦……"陈经理低声的说。

"什么？……你们说什么？……"赵老板不相信自己的耳朵，重复的问。

"你坐下，赵老板，事情不要紧，……两三天就可回来的……"陈经理的肥圆的脸上渐渐露出红色来。"并不是官厅，比不得犯罪……"

"那是谁呀，不是官厅？……"赵老板急忙地问，"谁敢捉我的儿子？……"

"是万家湾的土匪，新从盘龙岛上来的……"姚经理的态度也渐渐安定了，一对深陷的眼珠又恢复了庄严的神情。"船过那里，一定要我们靠岸……"

"我们高举着××国旗。他毫不理会，竟开起枪来……"陈经理插入说。

"水上侦缉队见到我们的旗。倒低低头，让我们通过啦，哪晓得土匪却不管，一定要检查……"

"完啦，完啦！……"赵老板叹息着说，敲着自己的心口，"十万元现银，唉，我的四万元！……"

"自然是大家晦气啦！……运气不好，有什么法子……"陈经理也叹着气，说。"只是德兴更倒霉，他们把他绑着走啦，说要你送，三百担米去才愿放他回来……限十天之内……"

"唉，唉……"赵老板蹬着脚。说。

"我们两人情愿吃苦，代德兴留在那里，但土匪头不答应，一定要留下德兴……"

"那是独只眼的土匪头，"姚经理插入说。"他恶狠狠的说：你们休想欺骗我独眼龙！我的手下早已布满了毕家碶！他是长丰钱庄的小老板，怕我不知道吗？哼！回去告诉大老板，逾期不缴出米来，我这里就撕票啦！……"

"唉，唉！……"赵老板呆木了一样，说不出话来，只会连声的叹息。

"他还说，倘若你敢报官，他便派人到赵家村，烧掉你的屋子，杀死你一家人哩……"

"报官！我就去报官！"赵老板气愤的说，"我有钱，不会请官兵保护我吗？……四万元给抢去啦，大儿子也不要啦！……我给他拼个命……我还有两个儿子！……飞机，炸弹，大炮，兵舰，机关枪，一齐去，量他独眼龙有多少人马！……解决得快，大儿子说不定也救得转来……"

"那不行，赵老板，"姚经理摇着头，说。"到底人命要紧。虽然只有两三千土匪，官兵不见得对付得了，也不见得肯认真对付，……独眼龙是个狼匪，你也防不胜防……"

"根本不能报官，"陈经理接着说，"本地的官厅不要紧，倘给上面的官厅知道了，是我们私运现银惹出来的……"

"唉，唉！……"赵老板失望地倒在椅上，痛苦得说不出来。

"唉，唉！……"姚经理和陈经理也叹着气，静默了。

"四万元现银……三百担米……六元算……又是一千八百……唉……"赵老板喃喃地说，"珠玉满怀……果然应验啦……早做这梦，我就不做这买卖啦……这梦……这梦……"

他咬着牙齿，握着拳，蹬着脚，用力睁着眼睛，他不相信眼前这一切，怀疑着仍在梦里，想竭力从梦中觉醒过来。

二

五六天后，赵老板的脾气完全变了。无论什么事情，一点不合他意，他就拍桌骂了起来。他一生从来不会遇到过这样大的不幸。这四万元现银和三百担米，简直挖他的心肺一样痛。他平常是一分一厘都算得清清楚楚，不肯放松，现在竟做一次的破了四万多财。别的事情可以和别人谈谈说说，这一次却一句话也不能对人家讲，甚至连叹息的声音也只能闷在喉咙里，连苦恼的神情也不能露在面上。

"德兴到哪里去啦，怎么一去十来天才回来呢？"人家这样的问他。

他只得微笑着说：

"叫他到县城里去，他却到省城里看朋友去啦……说是一个朋友在省政府当秘书长，他忽然还做官去啦……你想我能答应吗？家里又不是没有吃用……哈，哈……"

"总是路上辛苦了吧，我看他瘦了许多哩。"

"可不是……"赵老板说着，立刻变了面色，怀疑人家已经知道了他的秘密似的。随后又怕人家再问下去。就赶忙谈到别的问题上去了。

德兴的确消瘦了。当他一进门的时候，赵老板几乎认不出来是谁。昨夜灯光底下偷偷地出现在他面前的时候，完全像一个乞丐：穿着一身破烂的衣服，赤着脚，蓬着发，发着抖。他只轻轻地叫了一声爸，就哽咽起来。他被土匪剥下了衣服，挨了几次皮鞭，丢在一个冰冷的山洞里，每天只给他一碗粗饭。当姚经理把三百担米送到的时候，独眼龙把他提了出去，又给他三十下皮鞭。

"你的爷赵道生是个奸商，让我再教训你一顿，回去叫他改头换面的做人，不要再重利盘剥，私运现银，贩卖烟土！要不然，我独眼龙有一天会到毕家碶上来！"独眼龙踞在桌子上愤怒的说。

德兴几乎痛死，冻死，饿死，吓死了。以后怎样到的家里，连他自己也不知道。

"狗东西！……"赵老板咬着牙，暗地里骂着说。抢了我的钱，还要骂我奸商！做买卖不取巧投机，怎么做？一个一个铜板都是我心血积下来的！只有你狗东西杀人放火，明抢暗劫，丧天害理！……"

一想到独眼龙，赵老板的眼睛里就冒起火来，恨不能把他一口咬死，一刀劈死。但因为没处发泄，他于是天天对着钱庄里的小伙计们怒骂了。

"给我滚出去，……你这狗东西……只配做贼做强盗！……"他像发了疯似的一天到晚喃喃地骂着。

一走到账桌边，他就取出账簿来，翻着，骂着那些欠账的人。

"毕尚吉！……狗养的贼种！……吴阿贵！……不要面皮的东西！……赵阿大！……混账！……林大富！……屄东西！……赵天生！……婊子生的！……吴元本！猪罗！二十元，二十元，三十五，十五，六十，七十，一百，四十……"他用力拨动着算盘珠，笃笃地发出很重的声音来。

"一个怕一个！我怕土匪，难道也怕你们不成！……年关到啦，还不送钱来！……独眼龙要我的命，我要你们的命！……"他用力把算盘一丢，立刻走到了店堂里。

"唐账房。你们干的什么事！……收来了几笔账？"

"昨天催了二十七家，收了四家，吴元本，赵天生的门给封啦，赵阿大交给了林所长……今年的账真难收，老板……"唐账房低着头，嗫嚅地说。

"给我赶紧去催！过期的，全给我拆屋，封门，送公安局！……哼！哪有借了不还的道理……"

"是的，是的，我知道。老板……"

赵老板皱着眉头，又踱进了自己的房里，喃喃地骂着：

"这些东西真不成样……有债也不会讨……吃白饭，拿工钱……哼，这些东西……"

"赵老板！……许久不见啦！好吗？"门外有人喊着说。

赵老板转过头去，进来了一位斯文的客人。他穿着一件天蓝的绸长袍，一件黑缎的背心，金黄的表链从背心的右袋斜挂到背心的左上角小袋里。一副瘦长的身材，瘦长的面庞，活泼的眼珠，显得清秀，精致，风流。

"你这个人……"赵老板带着怒气的说。

"哈，哈，哈！……"客人用笑声打断了赵老板的语音。"阳历过年啦，特来给赵老板贺年哩！……发财，发财！……"

"发什么财！"赵老板不快活的说，"大家借了钱都不还……"

"哈，哈，小意思！不还你的能有几个！……大老板，不在乎，发财还是发财——明年要成财百万啦……"客人说着，不待主人招待，便在账桌边坐下了。

"明年，明年，这样年头，今年也过不了，还说什么明年……像你，毕尚吉也有……"

"哈，哈，我毕尚吉也有三十五岁啦，那里及得你来……"客人立刻用话接了上来。

"我这里……"

"可不是！你多财多福！儿子生了三个啦，我连老婆也没有哩！……今年过年真不得了，从前一个难关，近来过了阳历年还有阴历年，大老板不帮点忙，我们这些穷人只好造反啦！……我今天有一件要紧事，特来和老板商量呢！……"

"什么？要紧事吗？"赵老板吃惊地说，不由得心跳起来，仿佛又有了什么祸事似的。

"是的，于你有关呢，坐下，坐下，慢慢的告诉你……"

"于我有关吗？"赵老板给呆住了，无意识地坐倒在账桌前的椅。"快点说，什么事？"

"咳，总是我倒霉……昨晚上输了两百多元……今天和赵老板商量，借一百元做本钱……"

"瞎说！"赵老板立刻站了起来，生着气。"你这个人真没道理！前账未清，怎么再开口！……你难道忘记了我这里还有账！"

"小意思，算是给我毕尚吉做压岁钱吧……"

"放——屁！"赵老板用力骂着说，心中发了火。"你是我的什么人？你来敲我的竹杠！"

"好好和你商量，怎么开口就骂起来？哈，哈，哈！坐下来。慢慢说吧！……，

"谁和你商量！——给我滚出去！"

"阿，一百元并不多呀！"

"你这不要面皮的东西！……"

"谁不要面皮？"毕尚吉慢慢站了起来，仍露着笑脸。

"你——你！你不要面皮！去年借去的二十元，给我三天内送来！要不然……"

"要不然——怎么样呢？"

"弄你做不得人！"赵老板咬着牙齿说。

"哦——不要生气吧，赵老板！我劝你少拆一点屋子，少捉几个人，要不然，穷人会造反哩！"毕尚吉冷笑着说。

"你敢！我怕你这光棍不成！"

"哈，哈，敢就敢，不敢就不敢……我劝你慎重一点吧……一百元不为多。"

"你还想一千还是一万吗？咄！二十元钱不还来，你看我办法！……"

"随你的便，随你的便。只不要后悔……一百元，绝不算多……"

"给我滚！……"

"滚就滚。我是读书人从来不板面孔，不骂人。你也骂得我够啦，送一送吧……"毕尚吉狡猾地霎了几下眼睛，偏着头。

"不打你出去还不够吗？不要脸的东西！冒充什么读书人！"赵老板握着拳头，狠狠的说，恨不得对准着毕尚吉的鼻子，一拳打了过去。

"是的，承你多情啦！再会，再会，新年发财，新年发财！……"毕尚吉微笑地挥了一挥手，大声的说着，慢慢地退了出去。

"畜生！……"赵老板说着，砰的关上了门。"和土匪有什么分别！……非把他送到公安局里去不可！……十个毕尚吉也不在乎！……说什么穷人造反！看你穷光蛋有这胆量！……我赚了钱来，应该给你们分的吗？……哼！真是反啦！借了钱可以不还！还要强借！……良心在哪里？王法在哪里？……不错，独眼龙抢了我现银，那是他有本领，你毕尚吉为什么不去落草呢？……"

赵老板说着，一阵心痛，倒下在椅上。

"唉，四万二千元。天晓得！……独眼龙吃我的血！……天呵。天呵！

......"

他突然站了起来，愤怒地握着拳头：

"我要毕尚吉的命！……"

但他立刻又坐倒在别一个椅上：

"独眼龙！独眼龙！……"

他说着又站了起来，来回的踱着，一会儿又呆木地站住了脚，搓着手。他的面色一会儿红了，一会儿变得非常的苍白。最后他咬了一阵牙齿，走到账桌边坐下，取出一张信纸来。写了一封信：

> 伯华所长道兄先生阁下兹启者毕尚吉此人一向门路不正嫖赌为生前欠弟款任凭催索皆置之不理乃今日忽又前来索诈恐吓声言即欲造反起事与独眼龙合兵进攻省城为此秘密奉告即祈迅速逮捕正法以靖地方为幸……

赵老板握笔的时候，气得两手都战栗了。现在写好后重复的看了几遍，不觉心中宽畅起来，面上露出了一阵微笑。

"现在你可落在我手里啦，毕尚吉，毕尚吉！哈，哈！"他摇着头，得意地说。"量你有多大本领！……哈，要解决你真是不费一点气力！"

他喃喃地说着，写好信封，把它紧紧封好，立刻派了一个工人送到公安派出所去，叮嘱着说：

"送给林所长，拿回信回来，——听见吗？"

随后他又不耐烦地在房里来回的踱着，等待着林所长的回信，这封信一去，他相信毕尚吉今天晚上就会捉去，而且就会被枪毙的。不要说是毕家碛，即使是在附近百数十里中，平常无论什么事情，只要他说一句话，要怎样就怎样。倘若是他的名片，效力就更大；名片上写了几个字上去，那就还要大了。赵道生的名片是可以吓死乡下人的。至于他的亲笔信，即使是官厅，也有符咒那样的效力。何况今天收信的人是一个小小的所长？更何况林所长算是和他换过帖，要好的兄弟呢？

"珠玉满怀主大凶……"赵老板忽然又想起了那个梦，"自己已经应验过啦，现在让它应验到毕尚吉的身上去！……不是枪毙，就是杀头……要改为坐牢也不能！没有谁会给他说情，又没有家产可以买通官路……你这人运气太好啦，刚刚遇到独眼龙来到附近的时候。造反是你自己说的，可怪不得我！……哈哈……"

赵老板一面想，一面笑，不时往门口望着。从长丰钱庄到派出所只有大半里路，果然他的工人立刻就回来了，而且带了林所长的回信。

赵老板微笑地拆了开来，是匆忙而草率的几句话：

惠示敬悉弟当立派得力弟兄武装出动前去围捕……

赵老板重复地暗诵了几次，晃着头，不觉哈哈大笑起来，随后又怕这秘密泄露了出去，又立刻机警地遏制了笑容，假皱着眉毛。

忽然，他听见了屋外一些脚步声，急速地走了过去，中间还夹杂着枪把和刺刀的敲击声。他赶忙走到店堂里，看见十个巡警紧急地往东走了去。

"不晓得又到哪里捉强盗去啦……"他的伙计惊讶地说。

"时局不安静，坏人真多——"另一个人说。

"说不定独眼龙……"

"不要胡说！……"

赵老板知道那就是去捉毕尚吉的，遏制着自己的笑容，默然走进了自己的房里，带上门，坐在椅上，才哈哈地笑了起来。

他的几天来的痛苦，暂时给快乐遮住了。

三

毕尚吉没有给捕到。他从长丰钱庄出去后，没有回家，有人在往县城去的路上见到他匆匆忙忙的走着。

赵老板又多了一层懊恼和忧愁。懊恼的是自己的办法来得太急了，毕尚吉一定推测到是他做的。忧愁的是，他知道毕尚吉相当的坏，难免不对他寻报复，他是毕家硬上的人，长丰钱庄正开在毕家碶上，谁晓得他会想出什么鬼计来！

于是第二天早晨，赵老板回到自己的家里去了。一则暂时避避风头，二则想调养身体。他的精神近来渐渐不佳了。他已有十来天不曾好好的睡觉，每夜躺在床上老是合不上眼睛，这样想那样想，一直到天亮。一天三餐，尝不出味道。

"四万元现银……三百担米……独眼龙……毕尚吉……"这些念头老是盘旋在他的脑里。苦恼和气愤像锉刀似的不息地锉着他的心头。他不时感到头晕，眼花，面热，耳鸣。

赵家村靠山临水，比毕家碶清静许多，但也颇不冷静，周围有一千多住户。他所新造的七间两巷大屋紧靠着赵家村的街道，街上住着保卫队，没有盗劫的恐慌。他家里也藏着两枝手枪。有三个男工守卫屋子。饮食起居，样样有人侍候。赵老板一回到家里，就觉得神志安定，心里快活了一大半。

当天夜里，他和老板娘讲了半夜的话，把心里的郁闷全倾吐完了，第一次睡了一大觉，直至上午十点钟，县政府蒋科长来到的时候，他才被人叫了醒来。

"蒋科长？……什么事情呢？……林所长把毕尚吉的事情呈报县里去了吗？……"他一面匆忙地穿衣洗脸，一面猜测着。

蒋科长和他是老朋友，但近来很少来往，今天忽然跑来找他，自然有很要紧的事了。

赵老板急忙地走到了客堂。

"哈哈，长久不见啦，赵老板！你好吗？"蒋科长挺着大肚子，呆笨地从嵌镶的靠背椅上站了起来，笑着，点了几下肥大的头。

"你好，你好！还是前年夏天见过面，——现在好福气，胖得不认得啦！"赵老板笑着说。"请坐，请坐，老朋友，别客气！"

"好说，好说，哪有你福气好，财如山积！——你坐，你坐！"蒋科长说着，和赵老板同时坐了下来。

"今天什么风，光顾到敝舍来？——吸烟，吸烟！"赵若板说着，又站了起来，从桌子上拿了一枝纸烟，亲自擦着火柴，送了过去。

"有要紧事通知你……"蒋科长自然地接了纸烟，吸了两口，低声的说，望了一望门口。"就请坐在这里，好讲话……"

他指着手边的一把椅子。

赵老板惊讶地坐下了，侧着耳朵过去。

"毕尚吉这个人，平常和你有什么仇恨吗？"蒋科长低声的问。

赵老板微微笑了一笑。他想，果然给他猜着了。略略踌躇了片刻，他摇着头，说：

"没有！"

"那么，这事情不妙啦，赵老板……他在县府里提了状纸呢！"

"什么？……他告我吗？"赵老板突然站了起来。

"正是……"蒋科长点了点头。

"告我什么？你请说！……"

"你猜猜看吧！"蒋科长依然笑着，不慌不忙的说。

赵老板的脸色突然青了一阵。蒋科长的语气有点像审问。他怀疑他知道了什么秘密。

"我怎么猜得出！……毕尚吉是狡诈百出的……"

"罪名可大呢：贩卖烟土，偷运现银，勾结土匪……哈哈哈……"

赵老板的脸色更加惨白了，他感觉到蒋科长的笑声里带着讽刺，每一个字说得特别的着力，仿佛一针针刺着他的心。随后他忽然红起脸来，愤怒的说：

"哼！那土匪！他自己勾结了独眼龙，亲口对我说要造反啦，倒反来诬陷我吗？……蒋科长……是一百元钱的事情呀！……他以前欠了我二十元，没有还，前天竟跑来向我再借一百元呢！我不答应，他一定要强借，他说要不然，他要造反啦！——这是他亲口说的，你去问他！毕家碶的人都知道，他和独眼龙有来往！……"

"那是他的事情，关于老兄的一部份，怎么翻案呢？我是特来和老兄商量的，老兄用得着我的地方，没有不设法帮忙哩……"

"全仗老兄啦，全仗老兄……毕尚吉平常就是一个流氓……这次明明是索诈不遂，乱咬我一口……还请老兄帮忙……我哪里会做那些违法的事情，不正当的勾当……"

"那自然，谁也不会相信，郝县长也和我暗中说过啦。"蒋科长微笑着说，"人心真是险恶，为了这一点点小款子，就把你告得那么凶——谁也不会相信！"赵老板的心头忽然宽松了。他坐了下来，又对蒋科长递了一支香烟去，低声的说：

"这样好极啦！郝县长既然这样表示，我看还是不受理这案子，你说可以吗？"

蒋科长摇了一摇头：

"这个不可能。罪名太大啦，本应该立刻派兵来包围，逮捕，搜查的，我已经在县长面前求了情，说这么一来，会把你弄得身败名裂，还是想一个变通的办法，和普通的民事一样办，只派人来传你，先缴三千元保。县长已经答应啦，只等你立刻付款去。"

"那可以！我立刻就叫人送去！……不，……不是这样办……"赵老板忽然转了一个念头，"我看现在就烦老兄带四千元法币去，请你再向县长求个情，缴二千保算了。一千，孝敬县长，一千孝敬老兄……你看这样好吗？"

"哈哈，老朋友，哪有这样！再求情也可以，郝县长也一定可以办到，只是我看孝敬他的倒少了一点，不如把我名下的加给他了吧！……你看什么样？"

"哪里的话！老兄名下，一定少不得，这一点点小款，给嫂子小姐买点脂粉罢了，老朋友正应该孝敬呢……县长名下，就依老兄的意思，再加一千吧……总之，这事情要求老兄帮忙，全部翻案……"

"那极容易，老兄放心好啦！"蒋料长极有把握的模样，摆了一摆头。"我不便多坐，这事情早一点解决，以后再细细的谈吧。"

"是的，是的，以后请吃饭……你且再坐一坐，我就来啦……"赵老板说着，立刻回到自己的卧室。

他在墙上按下一个手指，墙壁倏然开开两扇门来，他伸手到暗处，一捆一捆的递到桌上，略略检点了一下，用一块白布包了，正想走出去的时候，老板娘忽然进来了。

"又做什么呀？——这么样一大包！明天会弄到饭也没有吃呀！……"她失望地叫了起来。

"你女人家懂得什么！"赵老板回答说，但同时也就起了惋惜，痛苦地抚摩了一下手中的布包，又复立刻走了出去。

"只怕不很好带……乡下只有十元一张的……慢点，让我去拿一只小箱子来吧！"赵老板说。

"不妨，不妨！"蒋科长说。"我这里正带着一只空的小提包，本想去买一点东西的，现在就装了这个吧。"

蒋科长从身边拿起提包，便把钞票一一放了进去。

"老实啦……"

"笑话，笑话……"

"再会吧……万事放心……"蒋科长提着皮包走了。

"全仗老兄，全仗老兄……"

赵老板一直送到大门口，直到他坐上轿，出发了，才转了身。

"唉。唉！……"赵老板走进自己的卧室，开始叹息了起来。

他觉得一阵头晕，胸口有什么东西冲到了喉咙，两腿发着抖，立刻倒在床上。

"你怎么呀？"老板娘立刻跑了进来，推着他身子。

赵老板脸色完全惨白了，翕动着嘴唇，喘不过气来。老板娘连忙灌了他一杯热开水，拍着他的背，抚摩着他的心口。

"唉，唉，……珠玉满怀……"他终于渐渐发出低微的声音来，"又是五千元……五千元……"

"谁叫你给他这许多！……已经拿去啦，还难过做什么……"老板娘又埋怨又劝慰的说。她的白嫩的脸上也是一阵红一阵青。

"你哪里晓得！……毕尚吉告了我多大的罪……这官司要是败了，我就没命啦……一家都没命啦……唉，唉，毕尚吉，我和你结下了什么大仇。你要为了一百元钱，这样害我呀！……珠玉满怀……珠玉满怀……现在果然应验啦……"

赵老板的心上像压住了一块石头。他现在开始病了。他感到头重，眼花，胸膈烦满，一身疼痛无力。老板娘只是焦急地给他桂圆汤，莲子汤，参汤，白木耳吃，一连三天才觉得稍稍转了势。

但是第四天，他得勉强起来，忙碌了，他派人到县城里去请了一个律师，和他商议，请他明天代他出庭，并且来一个反诉，对付毕尚吉。

律师代他出庭了，但是原告毕尚吉没有到，也没有代理律师到庭，结果延期再审。

赵老板忧郁地过了一个阳历年，等待着正月六日重审的日期。

正月五日，县城里的报纸，忽然把这消息宣布了。用红色的特号字刊在第二面本县消息栏的头一篇：

奸商赵道生罪恶贯天

勾结土匪助银助粮！

偷运现银悬挂×旗！

贩卖烟土祸国殃民！

后面登了一大篇的消息，把赵老板的秘密完全揭穿了。最后还来了一篇社评，痛骂一顿，结论认为枪毙抄没还不足抵罪。

这一天黄昏时光，当赵老板的大儿子德兴从毕家碛带着报纸急急忙忙地交给赵老板看的时候，赵老板全身发抖了。他没有一句话，只是透不过气来。

他本来预备第二天亲自到庭，一则相信郝县长不会对他怎样，二则毕尚吉第一次没有到庭，显然不敢露面，他亲自出庭可以证明他没有做过那些事情。所以并不畏罪逃避。但现在他没有胆量去了，仍委托律师出庭辩护。

这一天全城鼎沸了，法庭里挤满了旁听的人，大家都关心这件事情。

毕尚吉仍没有到，也没有出庭，他只来了一封申明书，说他没有钱请律师，而自己又病了。于是结果又改了期。

当天下午，官厅方面派了人到毕家碛，把长丰钱庄三年来的所有大小账簿全吊去检查了。

"那只好停业啦，老板。没有一本账簿，还怎么做买卖呢？……这比把现银提光了，还要恶毒！没有现银，我们可以开支票，可以到上行去通融，拿去了我们的账簿，好像我们瞎了眼睛，聋了耳朵，哑了嘴巴……"唐账房哭丧着脸，到赵家村来诉说了。"谁晓得他们怎样查法！叫我们核对起来，一天到晚两个人不偷懒，也得两三个月呢！……他们不见得这么闲，拖了下去，怎么办呀？……人欠欠人的账全在那上面，我们怎么记得清楚？"

"他们没有告诉你什么时候归还吗？"

"我当然问过啦，来的人说，还不还，不能知道，要通融可以到他家里去商量。他愿意暗中帮我们的忙……"

"唉，……"赵老板摇着头说，"又得花钱啦……我走不动，你和德兴一道去吧：向他求情，送他钱用，可少则少，先探一探他口气，报馆里也一齐去疏通，今天副刊上也在骂啦……真冤枉我！"

"可不是！谁也知道这是冤枉的！……毕家碶上的人全知道啦……"

唐账房和德兴进城去了，第二天回来的报告是：总共八千元，三天内发还账簿；报馆里给长丰钱庄登长年广告，收费五千元。

赵老板连连摇着头，没有一句话。这一万三千元没有折头好打。

随后林所长来了，报告他一件新的消息：县府的公事到了派出所和水上侦缉队，要他们会同调查这个月内的船只，有没有给长丰钱庄或赵老板装载过银米烟土。

"都是自己兄弟，你尽管放心，我们自有办法的。"林所长安慰着赵老板说。"只是李队长那里，我看得送一点礼去，我这里弟兄们也派一点点酒钱吧，不必太多，我自己是决不要分文的……"

赵老板惊讶地睁了眼睛，呆了一会，心痛地说：

"你说得是。……你说多少呢？"

"他说非八千元不办，我已经给你说了情，减做六千啦……他说自己不要，部下非这数目不可，我看他的部下比我少一半，有三千元也够啦，大约他自己总要拿三千的。"

"是，是……"赵老板忧郁地说，"那么老兄这边也该六千啦？……"

"那不必！五千也就够啦！我不怕我的部下闹的！"

赵老板点了几下头，假意感激的说：

"多谢老兄……"

其实他几乎哭了出来。这两处一万一千元，加上报馆，县府，去了一万二千，再加上独眼龙那里的四万二千，总共七万一千了。他做梦也想不到，有了一点钱，会被大家这样的敲诈。独眼龙拿了四万多去，放了儿子一条命，现在这一批人虽然拿了他许多钱，放了他一条命，但他的名誉全给破坏了，这样的活着，的比一刀杀死还痛苦。而且，这案子到底结果怎样，还不能知道。他反诉毕尚吉勾结独眼龙，不但没有被捕，而且反而又在毕家碶大模大样的出现了，几次开庭，总是推病不到。而他却每改一次期，得多用许多钱。

这样的拖延了两个月，赵老板的案子总算审结了。

胜利是属于赵老板的。他没有罪。

但他用去了不小的一笔钱。

"完啦，完啦！"他叹息着说。"我只有这一点钱呀！……"

他于是真的病了。心口有一块什么东西结成了一团，不时感觉到疼痛。咳嗽得很厉害，吐出浓厚的痰来，有时还带着红色。夜里常常发热，出汗，做噩梦。医生说是肝火，肺火，心火，开了许多方子，却没有一点效力。

"钱已经用去啦，还懊恼做什么呀？"老板娘见他没有一刻快乐，便安慰他说，"用去了又会回来的……何况你又打胜了官司……"

"那自然，要是打败了，还了得！"赵老板回答着说，心里也稍稍起了一点自慰。"毕尚吉是什么东西呢！"

"可不是！……"老板娘说着笑了起来。"即使他告到省里，京里，也没用的！"

赵老板的脸色突然惨白了。眼前的屋子急速地旋转了起来，他的两脚发着抖，仿佛被谁倒悬在空中一样。

他看见地面上的一切全变了样子，像是在省里。像是在京里。他的屋前停满了银色的大汽车，几千万人纷忙地杂乱地从他的屋内搬出来一箱一箱的现银和钞票，装满了汽车。疾驰地驶了出去。随后那些人运来了一架很大的起重机，把他的屋子像吊箱子似的吊了起来，也用汽车拖着走了……

一个穿着黑色袍子，戴着黑纱帽子的人，端坐在一张高桌后，伸起一枚食指，大声地喊着说：

"上诉人毕尚吉，被告赵道生，罪案……着将……"

（选自短篇小说集《河边》，1937 年 1 月，上海良友图书印刷公司）

中人

端阳快到了。

阿英哥急急忙忙地离开了陈家村，向朱家桥走去。一路来温和的微风的吹拂，使他感觉到浑身通畅，无意中更加增加了两脚的速度，仿佛乘风破浪的模样。

他的前途颇有希望。

美生嫂是他的亲房，刚从南洋回来。听说带着许多钱。美生哥从小和他很要好，可惜现在死了。但这个嫂子对他也不坏，一见面就说：

"哦，你就是阿英叔吗？——多年不见了，老了这许多……我们在南洋常常记挂着你哩！近来好吗？请常常到我家里来走走吧！"

她说着，暗地里打量着他的衣衫，仿佛很怜悯似的皱了一会眉头，随后笑着说：

"听说你这几年来运气不大好……这不必愁闷，运气好起来，谁也不晓得的……像你这样的一个好人！"

最后他出来时，她背着别人，送了他两元现洋，低声的说：

"远远回来，行李多，不便带礼物，……就把这一点点给婶婶买脂粉吧。"

他当时真是感动得快流下眼泪来了！

这三年，他的运气之坏，连做梦也不会做到。最先是死母亲，随后是死儿子，最后是关店铺，半年之内，跟着来。他这里找事，那里托人，只是碰不到机会。一家六口，天天要吃要穿，货价又一天高似一天，兼着关店时负了债，变田卖屋，还偿清不了。最后单剩了三间楼房，一年前就想把它押了卖了，却没有一个顾主。大家都说穷，连偿债也不要。他的上代本来是很好的，一到他手里忽然败了下来，陈家村里的人就都议论纷纷，说他是赌光的，嫖光的，吃光的，没有一个人看得他起。从前人家向他借钱，他没有不借给人家；后来他向人家借钱，说了求了多少次，人家才借给他一元两元。而且最近，连一元半元也没有地方借了。人家一见到他，就远远地避了开去，仿佛他身上生着刺，生着什么可怕的传染病一般。

美生嫂的回来，他原是怕去拜望她的。他知道她有钱，他相信她和别的人一样，见着他这个穷人害怕。但想来想去，总觉得她和他是亲房，美生哥从小和他很好，这次美生嫂远道回来，陈家村里的人几乎全去拜望过她了，单有他不去。是于情于理说不过去的。所以他终于去了。他可没有存着对她有所要求的念头。

然而事情却完全出乎他意料之外，美生嫂一见面就非常亲热，说她常常纪念他，现在要他常常到她家里去，并不看见他衣服穿的褴褛，有什么不屑的神情，反而说他是好人，安慰他好运气自会来到的。而且，临行还送他钱用。又怕他难堪，故意说是给他的妻子买脂粉用的。这样的情谊，真是他几年来第一次遇到！

她真的是一个十足的好人，他这几天来还听到她许多的消息。说是她在南洋积了不少的钱，现在回到家中要做慈善事业了：要修朱家桥的桥，陈家村的祠堂，要铺石碛镇的路，要设施粥厂，要开平民医院……一个人有一个人的说法。但总之，全是做好事！她有多少钱呢？有的说是五万，有的说是十万，二十万，也有人说是五十万，总之，是一个很有钱的女人！

于是阿英哥不能不对她有所要求了。

他想，倘若她修桥铺路，她应该用得着他去监工，若她办平民医院，应该用得着他做个会计。或事务员，或者至少给她做个挂号或传达。

但这还只是将来的希望，他眼前还有一个更迫切的要求，必须对她提出。那就是，端阳快到了，他需要一笔款子。

他不想开口向她借钱，他想把自己的屋子卖给她。他想起来，这在她应该是需要的。她本是陈家村里的人，从前的屋子已经给火烧掉，现在新屋还没有造，所以这次回来就只好住在朱家桥的亲戚家里。她只有两个十几岁的儿子。人口并不多，他的这三间楼房，现在给她一家三口住是很够的，倘若将来另造新屋，把这一份分给一个儿子也很合宜。况且连着这楼房的祖堂正是她也有份的，什么事情都方便。新屋造起了，这老屋留着做栈房也好，租给人家也好。他想来想去，这事于她没有一点害处。至于他自己呢，将来有了钱，造过一幢新的；没有钱，租人家的屋子住。眼前最要紧的是还清那些债。那是万万不能再拖过端阳节了！年关不曾还过一个钱，——天晓得，他怎样挨过那年关的！……

他一想到这里，不觉心房怦怦的跳了起来，两脚有点踉跄了。

阿芝姊，阿才哥，得福嫂，四喜公……仿佛迎面走来，伸着一只手指逼着他的眼睛，就将刺了进来似的……

"端阳到了！还钱来！"

阿英哥流着一头的汗，慌慌张张走进了美生嫂的屋里。

"喔！阿英叔！……"美生嫂正从后房走到前房来，惊讶地叫着说。

"阿嫂……"

"请坐，请坐……有什么要紧事情吗？怎么走出汗来了……"

"是……天气热了哩……"阿英哥答应着，红了脸，连忙拿出手巾来揩着额角，轻轻地坐在一把红木椅上。

"不错，端阳快到了……"美生嫂笑着说。

阿英哥突然站了起来。他觉得她已经知道他的来意了。

"就是为的这端阳，阿嫂……"他说到这里，畏缩地中止了，心中感到了许多不同的痛苦。

美生嫂会意地射出尖锐的眼光来，瞪了他一下，皱了一皱眉头，立刻用别的话岔了开去：

"在南洋，一年到头比现在还热哩……你不看见我们全晒得漆黑了吗？哈哈，简直和南洋土人差不多呢！……"

"真的吗？……那也，真奇怪了……"阿英叔没精打采的回答说。他知道溜过了说明来意的机会，心里起了一点焦急。

"在那里住了几年，可真不容易！冬天是没有的，一年四季都是夏天，热死人！吃也吃不惯！为了赚一碗饭吃，在那里受着怎么样的苦呵！……"

"钱到底赚得多……"

"那里的话，回到家来，连屋子也没有住！"

"正是为的这个，阿嫂，我特地来和你商量的……"

美生嫂惊讶地望着阿英哥，心里疑惑地猜测着，有点摸不着头脑。她最先确信他是借钱而来的，却不料倒是和她商量她的事情。

"叔叔有什么指教呢？"她虚心地说。

"嫂嫂是陈家村人，祖业根基都在陈家村……"

"这话很对……"

"陈家村里的人全是自己人，朱家桥到底只有一家亲戚，无论什么事情总是住在陈家村方便……"

"唉，一点不错……住在朱家桥真是冷落，没有几个人相识……"美生嫂叹息着说。

"还有，祖堂也在那边，有什么事情可以公用。这里就没有。"

"叔叔的话极有道理，不瞒你说，我住在这里早就觉着了这苦处，只是……我们陈家村的老屋……"

"那不要紧。现在倒有极合宜的屋子。"

"是怎样的屋子，在哪里呀？"美生嫂热心地问。

"三间楼房……和祖堂连起来的……"阿英哥嗳嗳地说，心中起了惭愧。"那不是和叔叔的一个地方吗？是谁的，要多少钱呢？那地方倒是好极了，离河离街都很近，外面有大墙。"她高兴的说。

"倘嫌少了，要自己新造，这三间楼房留着也有用处。"

"我哪里有力量造新屋！有这么三间楼房也就够了。叔叔可问过出主，要多少钱？是谁的呢？倘若要买，自然就请叔叔做个中人。"

阿英哥满脸通红了，又害羞又欢喜，他站了起来，走近美生嫂的身边，望了一望门口，低声地嗳嗳的说：

"不瞒阿嫂……那屋子：就是……我的……因为端阳到了……我要还一些债……价钱随阿嫂……"

"怎么？……"美生嫂惊诧地说，皱了一皱眉头，投出轻蔑的眼光来。

"那你们自己住什么呢？"

"另外……想办法……"

"那不能！"美生嫂坚决的说，"我不能要你的屋，把你们赶到别处去！这太罪过了！"

"不，阿嫂……"阿英哥嗫嚅地说，"我们可以另外租屋的，拣便宜一点，……小一点……有一间房子也就够了……"

"喔，这真是罪过！"美生嫂摇着头说，"我宁愿买别人的屋子。你是我的亲房！"

"因为是亲房，所以说要请阿嫂帮忙……端阳节快到了。我欠着许多债……无论是卖，是押……"

"你一共欠了许多债呢？"

"一共六百多元……"

"喔，这数目并不多呀！……"她仰着头说。"屋子值多少呢？""新造总在三千元以上，卖起来……阿嫂肯买，任凭阿嫂吧……我也不好讨价……"

"不瞒叔叔说，"美生嫂微微地合了一下眼睛，说，"屋子倒是顶合宜的，叔叔一定要卖，我不妨答应下来，只是我现在的钱也不多，还有许多用处……都很要紧。你让我盘算一两天吧。"

"谢谢阿嫂，"阿英哥感激地说，"那么，我过一两天再来听回音……总望阿嫂帮我的忙……"他说着高兴地走了出去。

"那自然，叔叔的事情，好帮总要帮的！"

美生嫂说着，对着他的背影露出苦笑来，随后她暗暗地叹息着说：

"唉！一个男子汉这样的没用！"她摇着头。"田卖完了，还要卖屋！从前家产也不少，竟会穷到没饭吃！……做人真难，说穷了，被人欺，说有钱，大家就打主意这个来借，那个来捐……刚才说不愿意买，他就说押也好，倘若说连押也不要，那他一定要说借了，倒不如答应他买的好……但是，买不买呢？嘻！真是各人苦处自己晓得！……"

美生嫂想到这里，不觉皱上了眉头。

她的苦处，真是只有她自己晓得。现在人家都说她发了财回来了，却不晓得她还有多少钱。

三四年前，她手边积下了一点钱，那是真的。但以后南洋的生意一天不如一天，她的钱也渐渐流出去了。一年前，美生哥生了三个月的病，不能做生意，还须吃药打针，死后几乎连棺材也买不起，她现在总算带着两个孩子把美生哥的棺材运回来了。这是一件太困难的事！幸而她会设法，这里募捐，那里借债，哭哭啼啼的弄到了三千元路费。回到家乡，念佛出丧，开山做坟，家乡自有家乡的老办法，一点也不能省俭。

"南洋回来的！"大家都这么说，伸着舌头。下面的意思不说也就明白了：南洋是顶顶有钱的地方，从那边回来的没有一个不发财。无论怎样办，说是在那边做生意亏了本，没有一个人不摇头，说这是假话。在南洋，大家相信，即使做一个茶房，也能发财。十年前就有过这样的例子。

"那是出金子出珠子的地方，到处都是，土人把它当沙子一样看待的！"从前那个做茶房的发了财回来告诉大家说。大家听了，都想去，只是没有这许多路费。现在美生嫂居然在那边住了许多年，还扛着一口棺材回来，谁能不相信她发了财呢？许多人甚至不相信美生哥真的死了，他们还怀疑着那口棺材里面是藏着金子的。

美生嫂知道穷人不容易过日子，到处会给人家奚落，讥笑，欺侮，平日就假装有钱的样子，现在回到家乡，也就愈加不得不把自己当做有钱的人了。因为虽说她是这乡间生长的女人，离开久了，人地生疏了许多，娘家夫家的亲人又没有一个，孤零零的最不容易立足。所以当人家羡慕称赞她发了财回来的时候，她便故意装出谦虚的样子，似承认而不承认的说：

"哪里的话，在南洋也不过混日子，哪里说得上发财！有几百万几千万家当，才配得上说发财呢！"

她这么说，听的人就很清楚了。倘若她没有百万家当，几十万是该有的，没有几十万，几万也总是有的。于是她终是一个发了财的人了。

发了财回来，做些什么事呢？大家都关心着这事。有些人相信她将买田造屋，因为她的老屋已经没有了。有些人相信她将做好事，修桥铺路，办医院，因为她前生有点欠缺，所以今生早年守寡，现在得来修点功德。有些人相信她将开店铺做生意，因为她有两个儿子，丈夫死了，不能坐吃山空。大家这样猜想，那样猜想，一传十，十传百，不晓得怎的这些意思就全变成了美生嫂自定的计划，说她决定买田造屋了，决定修桥铺路了，决定……于是今天这个来，明天那个来，有卖田的，卖屋的，有木匠，有石匠，有泥水，有中人。有介绍人……

"没有的事！"美生嫂回答说。"我没有钱！"

但是没有一个人相信，只是纷纷的来说情。她没办法了，只得回答说：

"缓一些时候吧，我现在还没决定先做那一样呢。决定了，再请帮忙呀。"

大家这才安心的回去了。而她要做许多大事业也就更加使人确信起来。

"但是，天呵！"美生嫂皱着眉头，暗暗叫苦说。"日子正长着，只有五百元钱，叫我怎样养大这两个孩子呀！……"

她想到这里。心中像火烧着的一样，汗珠一颗一颗的从额上涌了出来。

她在南洋起身时候，对于未来的计划原是盘算得很好的：她想这三千元钱除了路费和美生哥的葬费以外，应该还有一千元剩余，家里有八亩三分田，每年收得四千斤租谷，一家三口还吃不了，至于菜蔬零用。乡里是很省的，每月顶多十元，而那一千元借给人家，倘若有四分利息，每年就有四百元，养大孩子是一点也不用愁的了。哪晓得到得家乡，路费已经多用了，葬费又给大家扯开了袋口，到现在只剩下了五百元。租谷呢，近几年来早已打了个大折头，虽然勉强够吃了，钱粮大捐税多，却和拿钱去买差不了好多。乡里的生活程度也早已比前几年高了好几倍，每月二十元还愁敷衍不下了。至于放债，都是生疏的穷人，本来相信不了，放心不下。而现在却也并不能维持她这一生的生活了。

将来怎么办呢？横在她眼前的办法是很显明的：不久以后，她必须把那八亩三分的田卖出去了。发了财的人也卖田吗？那她倒有办法。她可以说，因为自己是个女人，儿子们太小，一年两季秤租不方便，或者说那几亩田不好，她要换好的，或者说……然而，到处都是穷人，大家的田都没有人要，她又卖给谁呢？"现在，阿英叔却来要我买他的屋子了！咳，咳！"她想到这里，心中说不出的痛苦，简直笑不得，哭不得，连鼻梁也皱了起来。

"呵呵，天气真热，天气真热！"忽然门口有人这样说着走了进来。"美生嫂在家吗？"

美生嫂立刻辨别出来这是贵生乡长的声音，赶忙迎了出去。

"刚才喜鹊叫了又叫,我道是谁来,原来是叔叔!"她微笑着说,转过身,跟在贵生乡长后面走了进来。

"请坐,请坐,叔叔。"她说着,一面从南洋带来的金色热水瓶里倒了一杯茶水,一面又端出瓜子和香烟来。

贵生乡长的肥胖的身子缓慢地坐下椅子,又缓缓地转动着臃肿的头颈,微仰地射出尖锐的眼光望了一望四周的家具,打量一下美生嫂的瘦削的身材,沉默地点了几下头,仿佛有了什么判断似的。

"天气真热,端阳还没到。哈哈!"贵生乡长习惯地假笑着说。

"真是!这样热的天气要叔叔走过来,真是过意不去。我坐在房子里都觉得热哩。"美生嫂说着,用手帕揩着自己的额角,生怕刚才的汗珠给贵生乡长看了出来。

"那到没有什么要紧。我原来是趁便来转一转的。刚才看见阿英从这里走了出去,喜气洋洋的,想必你……"贵生乡长说到这里,忽然停住了,等待着美生嫂接下去。

"还不是和别人一样,叔叔,……我实在麻烦不下去了,这个要我买田,那个要我买屋……你说,我有什么办法?"

"想是阿英要把他的三间楼房卖给阿嫂了。"

"就是这样……"

"哦,答应他了吗?"贵生乡长故意做出惊异的神情问。

"怎么样?叔叔,你说?"美生嫂诧异地问。

"怪不得他得意洋洋的……咳,现在做人真难……不留神便会吃亏……"

"叔叔的话里有因。请问这事情到底怎么样呢?"

"我说,阿嫂,"贵生乡长像极诚恳似的说,"做人是不容易的,……请勿怪我直说。你到底是个女人家,几年出门才回来,这里情形早已大变了,你不会明白的……现在的人多么滑头!往往一间屋子这里押了又在那里抵,又在别处卖的!"

"幸亏我还没有答应他!"美生嫂假装着欢喜的说。"叔叔不提醒我。我几乎上当了!"

"你要买产业,中人最要紧。现在可靠的中人真不容易找。有些人贪好处，往往假装不知道，弄得一业二主。老实对阿嫂说，我是这里的乡长，情形最熟悉，也不怕人家刁皮的……"

"我早已想到了，来问叔叔的，所以答应他给我盘算一两天哩。"美生嫂假装着诚恳的说，"给叔叔这么一说，我决计不要那屋子了。"

"喔。那倒不必，"贵生乡长微笑着说。"但问阿嫂。那屋子合宜不合宜呢？"

"那倒是再合宜没有了，离街离河都近，又有大墙，又有祖堂。"

"他要多少钱呢？"

"他没说，只说任凭我。说是新造总要三千元。推想起来，叔叔，你说该值多少呢？"

"这也很难说。阿嫂一定要买，我给你去讲价，总之，这是越少越好的。我不会叫阿嫂吃亏。"贵生乡长说着，用手摸着自己的面颊。极有把握的样子。

"房子虽然合宜，不过我不想买。听了叔叔的一番话，我宁愿自己造呢。"

"那自然是自己造的好，"贵生乡长说着，微笑地瞟了她一眼，"不过这事情更麻烦。你一个女人家须得慢慢的来，照我的意思，这里弊端更多着呢：木匠，泥水匠，木行，砖瓦店……况且也不是很快就可以造成的……我看暂时把它拿下，倒也是个好办法，反正花的钱并不多。况且新的造起了，旧的也有用处的：租给人家也好，自己做栈房也好。不瞒阿嫂说，"贵生乡长做出非常好意的神情说，"我倒非常希望便搬到陈家村去：一则我们陈家村人大家有面子，二则阿嫂有什么事情，我也好照顾。现在地方上常常不太平，那一村的人是只顾那一村的人哩。"

贵生乡长说到这里，又瞟了美生嫂一眼，看见她脸上掠过一阵阴影，显出不安的神情来，便又微笑地继续的说：

"我因此劝你早点搬到陈家村去，阿嫂。怕多花钱，不买它也好，化三五百元钱作抵押吧。你要是搬到陈家村去了，那你才什么都方便，什么也不必担心，我们是自己人，我是乡长，什么事情都有我在着……"

美生嫂起先似有点抑不住心中的恐慌，现在又给贵生乡长一席话说得安定了。而且她心里又起了一阵喜悦，觉得他给她出的主意实在不错。那三间楼房原是她所非常需要的,只因自己没有钱,所以决计止住了自己的欲望,只是假意的和阿英哥敷衍,和贵生乡长敷衍。但现在贵生乡长说只要化三五百元钱作抵押,不由得真的动了心了。说是三五百元,也许三百元,二百五十元就够了,她想。她剩余下来的五百元,现在正没处存放,一面也正没屋子住。这事情倒是一举两得。而且,还是体面的事情!还帮了阿英叔的忙,还给了乡长的面子!

“只是不晓得那屋子抵押给别人过没有哩。”

“这个我清楚。阿英是个老实人,他不会骗人的。”

“那么,就烦叔叔做中人,可以吗?钱还是少一点,横直将来要退还的。”美生嫂衷心的说。

“那自然,我知道的。我没有不帮阿嫂的忙。”

贵生乡长笑着说,心里非常的得意。他最先就知道这个女人有点厉害,须费一些唇舌,现在果然落入他的掌中了。

“此外,阿嫂有什么事情,只管来通知我。”他继续着说。“我是陈家村的乡长,陈家村里的人都归我管的。我们有保卫团,谁不服,就捉谁。各村的乡长和上面的区长,县长都是和我要好的哩,哈哈!……”他说着得意地笑了起来,眯着眼。

“叔叔才大福大,也是前生修来的功德。要在前清,怕也是戴红翎的三品官哩。……我们老百姓全托叔叔的庇护呀!”美生嫂感激的说。

“那也是实话,现在的乡长虽没有官的名目,其实也和做官一样了。只是,这个乡长却也委实不易做。”贵生乡长眉头一皱,心里就有了主意。“下面所管的人都是自己人,大小事体颇不容易应付,要能体恤,要能公平。而上面呢,像区长,像县长,得要十分的服从,一个命令下来,限三天就是三天。要怎样就得怎样,绝对没有通融的,尤其是一些户口捐哪,壮丁捐哪,大家拿不出来,只得我自己来垫凑,也亏得村中几个有钱的人来帮助。……譬如最近,上面又有命令下来了,派陈家村筹两千元航空捐,就把我逼得要命,航空捐,从前是已经征收过好几次的,一直到现在,钱粮里还附征着。大家都说不愿意再付了,也没有能力再付了。他们不晓得这次的航空捐和以前是不同的。从前是为的打ＸＸ人,现在是ＸＸ,我们陈家村能不捐款吗?

但大家是自己人，又不好强迫，你说，阿嫂，这事情怎么办呢?"

"这也的确为难……"美生嫂皱着眉头说，她心里已经感觉到一种恐慌了。她知道贵生乡长的话说下去，一定是要她捐钱的，因此立刻想出了一句话来抵制。"我们在南洋也付过不少的航空捐哩! 收了又收，谁也不愿意!"

"可不是呀!"贵生乡长微笑着说。"谁也不愿意! 幸亏得几个有钱的帮我的忙，两百三百的拿出来，要不然我这乡长真不能当的，而且，这数凑不成，也是本村的几个有钱的吃亏，上面追究起来，是逃不脱的。……"

贵生乡长说到这里停住了，故意给她一些思索的时间，用眼光盯着她，观察着她的神色。美生嫂是一个聪明人。早已知道这话的意义。把脸色沉了下来。而且那数目使她害怕，开口就是几百元，这简直是要她的命了! 她一时征得说不出话来，脸色非常的苍白。

贵生乡长见着这情形，微笑了一下，又继续的说了:

"阿嫂，这笔款子明天一早就要解往县里去了，我现在还差四百元，你说怎么办呢? 照我的意思，——唉，这话也实在不好说，——照我的想法，还得请阿嫂帮个忙，我自己垫一百元，阿嫂捐一百五十元，另外借我一百五十元，以后设法归还你。你说这样行得吗?"

美生嫂一时说不出话来，只是发着征，过了半晌，才哺喃的像恳求似的说:"叔叔，这数目太大了……我实在没有……"

"那不必客气，阿嫂有多少钱，这里全县的人都知道的。捐得少了，岂止说出去不好听，恐怕区长县长都会生气哩! ……这数目实在也不多，这次请给我一个面子吧，我们总是帮来帮去的——啊，阿嫂嫌多了，就请凑两百元，那一百元我再到别处去设法，过了端节，我代你付给阿英一百元就是……这是最少的数目了，你不能少的，阿嫂，再也不能少了……"

贵生乡长停顿了一下，见美生嫂说不出话来，他又重复的像是命令像是请求的说:

"不能少，阿嫂，你不能少了!"

"叔叔……"

"上面不会答应的呀!"贵生乡长不待她说下去，立刻带着命令和埋怨的口气说。

"唉……"美生嫂叹着气眼眶里隐藏了眼泪。

"我们是自己人,阿嫂。"贵生乡长又把话软了下来,"我知道阿嫂的苦处,美生哥这么早过了世,侄子们还正年少,钱是顶要紧的,所以只捐这一点,要是别个当乡长,恐怕会硬派你一千元呢。"

"我好命苦呵,这么早就……"美生嫂给他的话触动了伤处,哽咽地说,眼泪流了下来。

"那也不必,侄子们再过几年就大了,一准比爷会赚钱……喔,阿英那里的价钱,我给你去办交涉,我做中人再好没有了,"贵生乡长得意地安慰她说。"阿嫂在这里出了捐钱,我给你在那里压低价钱,准定叫你不吃亏,你看着吧!"

美生嫂痛苦地用手绢掩着润湿的眼睛,一句话也不说。她明白贵生乡长每一句话的用意,恨不得站起来打他几个耳光,但她没有勇气。她不相信那是什么航空捐,她知道这只是借名目饱私囊——明敲她的竹杠!而且是不能不拿出来的了。她只得咬着牙齿,勉强地装出笑脸说:

"就依叔叔的话……以后也不必还了……"她想。还是索性做个人情,反正是决没有归还的希望的。

她站起来走到了另外一间房子去。

"那不必,那不必,房子,我会给弄好的。"贵生乡长满肚欢喜的说。

他听见房子里抽屉声,钥匙声,箱子声先后响了起来,中间似乎还夹杂着叹息声,啜泣声。

过了许久,美生嫂强装着笑脸,走了出来,捧着一包纸票,放在贵生乡长的面前,苦笑着嘲嘘似的说:

"只有这么一点点呢,叔叔……"

"呵呵呵,真难得……"他连忙点了一点数目,站起身来。"再会。再会!"他冷然地骄傲地走了,头也不回,仿佛生了气的样子。

"好不容易。这女人……"他一路想着,跨出了大门,不再理会美生嫂在后面说着"慢走呵,叔叔"的一套话。

"这简直像是逼债!"美生嫂痛恨地磨着牙齿,自言自语的说。"我前生欠了他什么债呀!……"

她禁不住心中酸苦，退到床上，痛哭了起来。

第二天中午，阿英哥急忙地高兴地从陈家村跑到来听回音的时候，美生嫂刚从床上起来。

阿英哥想，这事情是一定成功的，这屋子给她住，没有一样不合宜。至于价钱，端阳节快到了，无论她出多少，他都愿意，横直此外也找不到别的主顾。

"阿嫂，我特来听消息，我想你一定可以帮我的忙哩。"他一进门就这么说。美生嫂浮肿着脸，一时不晓得怎么回答，她哭了一夜全没想到见了他怎样说，却不防他很快的就来了。

"喔，"她嗄着声音说，脸色有点苍白。她想告诉他不买了，却说不出理由来。她不能对他说没有钱。但她皱了一下眉头，立刻有了回答的话。于是她苦笑地说：

"叔叔，我已经想过了，那房子的确再合宜也没有了……但是，我们总得都有一个中人，才好说话呢。——……我已请了乡长做中人，你也去找一个中人吧……我们以后就请中人和中人去做买卖……"

"那自然，阿嫂不说，我倒忘记了，"阿英哥诚实的说，"这是老规矩，我就去找一个中人和乡长接洽去……"

他说着，满脸笑容的别了美生嫂走了。

他觉得他的买卖已经完全成功，端阳节已经安然渡过了。

（选自短篇小说集《河边》，1937年1月。上海良友图书印刷公司）

风筝

"五代李业于宫中作纸鸢。引线乘风为戏。后于鸢首以竹为笛，使风入竹，声如筝鸣，故名风筝。"——《询刍录》。

但据我所知道，现在的风筝，或纸鸢，有些变化了。现在有许多不会鸣的风筝，不像鸢的纸鸢和不会鸣亦不像鸢而名为风筝或纸鸢的。此外还有一种特别的变化，如在宁波的风筝。

"风筝"和"纸鸢"这两个名字，在宁波只有读过书的人才懂得这是什么东西，没有读过书的人，只晓得"鹞子"这一个名字。据说这是一个通俗的名字，除了宁波还有许多地方也是这样喊的。其所以喊为"鹞子"的原因，是因鹞和鸢略同的缘故。宁波的鹞子除了不像鹞之外还变了一种极可怕的东西。如果孩子的鹞子落在谁的屋上，不仅鹞子要被踏得粉碎丢在粪缸里，那屋里的男男女女还要跑出来辱骂孩子，跑到孩子的父母那里去吵闹，要求担保三年的太平。据说鹞子落在屋上，这屋子不久就要犯火灾的。

这所以要犯火灾的原因，宁波人似乎都还不知道。我个人因通俗以鹞子喊纸鸢的事情却生出了一个胡乱的类推，以为鹞子和老鸦也发生了什么关系。

老鸦与乌老鸦还有很大的分别，但它们与火灾的关系都极为密切。老鸦在白天叫，不一定是发生火灾的预兆，也可以作为一切大小祸事的预兆，如口角、疾病、死亡等等。白天，宁波人一听见远处的一声老鸦叫，他们便要喊三声，"呸！出气娘好！"（这"出气娘好"四字也许还没有写错，因为这句话平常用为"出气"的居多。例如谁的屁股或那里忽然痛了起来，动弹不得

164

的时候，宁波人叫做中了"齷齪气"，意即鬼气。便立刻吐了几滴唾沫在手心上，响了一声"呸！"忙把手心往痛的地方打去，一面说"出气娘好！"这样的三次，齷齪气便被赶出去。他就好了。所谓"娘"，是说鬼是他的儿子，蔑视鬼也。）老鸦若在夜里叫，那便必是火灾的预兆。谁听见了，谁就必须立刻（必须立刻，第二天便无效）起来喊邻居，告诉他刚才老鸦叫过了。这叫做"喊破"，老鸦的叫被喊破以后便不能成为火灾的预兆。若是谁听见了，怕冷或贪睡不起来喊破，数日后，远近必有一次火灾。这火灾的地方虽然并不一定在听见老鸦叫的人的地方，但人人毕竟怕这灾祸不幸的落到自己的头上。至于乌老鸦的叫，那便大不同了。冬天满田满天的乌老鸦，任它们叫几千声几万声都不要紧。在他们的眼光中这并不是一种不祥之鸟。不过火灾时纷纷四飞的火星，他们都叫做"乌老鸦"，像这种乌老鸦确也极使他们恐怖。

　　我回想到自己幼时的几种游戏，觉得有许多也还满足。例如看见摇船的不在船上，船又没有载着什么的时候，跳下去把它荡到河的中心去，在他人的眼中原是最下等最顽劣的孩子的游戏，我却也背着母亲学会了。因此三年前在玄武湖中得到了许多的兴趣，雇船去游时可以不受船夫的掣肘，自由自在的荡到太平洋（我们给湖中最宽阔的地方起了这一个名字）中去洗脚。但想起来其中有两件最使我怅惘的是游泳和放风筝。母亲对于这两种事情防范我最严。她不准我游泳的原因除了赤着屁股在河里浮着是不体面之外，最重要的自然是怕我溺死了。我好几次偷偷的去学——后来已经能够把下颚扣在裤做的球上游一丈远——差不多都被她发觉了。她不说要我上来，但拿着一根又长又粗的晒衣用的竹竿，说是要把我按到河底去。这样，我便终于没有学会。至于放风筝，不用说是更其困难了。这是关系于许多人的祸福的事情。但是大人们尽管禁止，每年冬天和春天田野中总还有大人们所谓顽童的在那里偷着放。自然，我也是极愿意加入这一党的。但是这游戏太不容易了。不仅自己没有钱，就有钱也没地方去买。自己偷偷的做了几次，不是被母亲发觉就是做得不灵。而其中尤感觉难办的是线。母亲用的都是短短的一根一根的线，没有极长的线。若是偷了去，一则容易发觉，怕屁股熬不得痛，二则一根一根结起来不灵活，所以没有法子想，我就只有跑去呆子似的仰着头看人家的风筝。若是那个放风筝的是我的熟人，他的风筝落下了，我便自告奋勇的跑去帮他拾。他要放时，我便远远的捧着风筝给他送了上去。这样我就非常的喜欢。但尤其满足的是千求万求的才允许了我在几分钟内拉着空中飞舞着的风筝的线。

三星期前的有一天下午，看见窗外大杞树的飘动，我忽然又想到风筝了。我急切的想做一个放。我忙把这个意思告诉唐珊和静弟。唐珊告诉我，湘乡的风俗和宁波的差不多，风筝落在屋上也是火灾的预兆。但是她又说我不妨做一个放，这里屋子非常的稀少，不至于落在屋上；静弟的母亲不信从这种风俗，也不会来阻挡我。于是她便为我寻线，我和静弟动手做风筝了。静弟向来没有做过，我也只会做瓦片风筝。这虽然不好看而且不会鸣，但是我想只要放得高倒也罢了。不一会，风筝成功了。这确像一块瓦片，背脊凸着，只是下面拖了一根长长的草尾巴。我知道这尾巴是最关紧要的，起首不敢怎样的放线，只试验尾巴的轻重，但是，把尾巴的重量增而又减，减而又增，总是放不高，不是翻筋斗，便是不肯上去，任凭我怎样的拉着线跑。这样的天就黑了。第二天，我注意到风筝背上的那三根引线，怕有太长或太短的毛病，改长改短的又试放了半天。结果还是放不高，而且有一半落在水田里。第三天没有进步，第四第五天没有风。第六天觉得平地上的风太小，跑到山顶上去放，但是依然觉得太小了。有一天。风可大了，但是我拿出去试觉得又太大了。这样，我只有懊恼着把风筝高高的挂在壁上了。"我为什么和风筝这样的无缘呢？"我绝望后这样的想。"难道是因为我自己太重了拖住了它吗？"于是我感到自己的身体的确重了，年纪的确大了。我觉得我是一个不幸的人。

"在贵州"，静弟的妈妈——她是贵州人——告诉我说，"放风筝是非常热闹的。大大小小的铺子几乎没有一家不卖风筝。那风筝不像你做的那样不好看。那里的风筝有像鸟的，有像鱼的，有像虫的，有像兽的，有像人的——几乎无奇不有。那里没有像宁波和湘乡这种迷信。他们不仅不把风筝当做不祥的东西，他们遇到人家的风筝的线在他们屋上不高的时候他们还要用一根拴着石子的线丢上去把风筝的线钩了下来抢风筝。在自己屋上抢风筝，是作兴抢的，只要你有本领。有些人故意把自己的线割断了，让风筝飘去。有些人在一个大风筝——有时大的像八仙桌那样女——上系两三个小风筝。有些人在夜里放风筝，在风筝上系了一串鞭炮，鞭炮的引线上接着一根纸煤（即卷纸引火的那种东西），纸煤的一端点了火，待风筝放高了，纸煤便渐渐燃到鞭炮的引线上，鞭炮便在黑暗的半空中劈劈啪啪的响了起来，火光四散的飞走，随后风筝失了相当的重量便几个筋斗翻了下来。男男女女大大小小在清明前后几乎都带了风筝拜坟去。他们请死者吃过了羹饭，便在坟边堆起了石头，摆上锅子——煮饭菜的器具都带了去的——将饭菜烧热了，大家在地上坐着吃。吃完了暂时不回家，便在那里放风筝。有一次，一个衙门里的少爷竟做了一个非常好看的大蜈蚣，上面系着响铃，据说是花了几元钱定做的，因为风筝重，线便粗了许多，放线的时候手拿着要出血，便用毛巾裹了手。就在这一次，他把线割断了，让蜈蚣自己飞去。还有最令人发笑的是，有些人放马桶风筝，飞在半空里摇摇摆摆的确乎像一只真马桶。"静弟的妈妈讲到这里，听的人都大笑起来了。

于是我想："这马桶风筝如果落在宁波人的屋上，在火灾之前，怕不是先有一场极大的灾祸吗？"

我觉得风筝也如人似的，有幸与不幸。

（原载 1925 年 5 月 25 日《东方杂志》第 22 卷第 10 期）

父亲的玳瑁

在墙脚跟刷然溜过的那黑猫的影，又触动了我对于父亲的玳瑁的怀念。

净洁的白毛的中间，夹杂些淡黄的云霞似的柔毛，恰如透明的妇人的玳瑁首饰的那种猫儿，是被称为"玳瑁猫"的。我们家里的猫儿正是那一类，父亲就给了它"玳瑁"这个名字。

在近来的这一匹玳瑁之前，我们还曾有过另外的一匹。它有着同样的颜色，得到了同样的名字，同是从我姊姊家里带来，一样地为我们所爱。

但那是我不幸的妹妹的玳瑁，它曾经和她盘桓了十二年的岁月。

而现在的这一匹，是属于父亲的。

它什么时候来到我们家里，我不很清楚，据说大约已有三年光景了。父亲给我的信，从来不曾提过它。在他的理智中，仿佛以为玳瑁毕竟是一匹小小的兽，比不上任何的家事，足以通知我似的。

但当我去年回到家里的时候，我看到了父亲和玳瑁的感情了。

每当厨房的碗筷一搬动，父亲在后房餐桌边坐下的时候，玳瑁便在门外"咪咪"的叫了起来。这叫声是只有两三声，从不多叫的。它仿佛在问父亲。可不可以进来似的。

于是父亲就说了，完全像对什么人说话一样：

"玳瑁，这里来！"

我初到的几天，家里突然增多了四个人，在玳瑁似乎感觉到热闹与生疏的恐惧，常不肯即刻进来。

"来吧，玳瑁!"父亲望着门外，不见它进来，又说了。

但是玳瑁只回答了两声"咪咪"仍在门外徘徊着。

"小孩一样，看见生疏的人，就怕进来了。"父亲笑着对我们说。

但是过了一会，玳瑁在大家的不注意中，已经跃上了父亲的膝上。

"哪，在这里了。"父亲说。

我们弯过头去看，它伏在父亲的膝上，睁着略带惧怯的眼望着我们，仿佛预备逃遁似的。

父亲立刻理会它的感觉，用手抚摩着它的颈背，说："困吧，玳瑁。"一面他又转过来对我们说："不要多看它，它像姑娘一样的呢。"

我们吃着饭，玳瑁从不跳到桌上来，只是静静地伏在父亲的膝上。有时鱼腥的气息引诱了它，它便偶尔伸出半个头来望了一望。又立刻缩了回去。它的脚不肯触着桌。这是它的规矩，父亲告诉我们说，向来是这样的。

父亲吃完饭，站起来的时候，玳瑁便先走出门外去。它知道父亲要到厨房里去给它预备饭了。那是真的，父亲从来不曾忘记过，他自己一吃完饭，便去添饭给玳瑁的。玳瑁的饭每次都有鱼或鱼汤拌着。父亲自己这几年来对于鱼的滋味据说有点厌，但即使自己不吃，他总是每次上街去，给玳瑁带了一些鱼来，而且给它储存着的。

白天，玳瑁常在储藏东西的楼上，不常到楼下的房子里来。但每当父亲有什么事情将要出去的时候，玳瑁像是在楼上看着的样子，便溜到父亲的身边，绕着父亲的脚转了几下，一直跟父亲到门边。父亲回来的时候，它又像是在什么地方远远望着，静静地倾听着的样子，待父亲一跨进门限，它又在父亲的脚边了。它并不时时刻刻跟着父亲，但父亲的一举一动，父亲的进出，它似乎时刻在那里留心着。

晚上，玳瑁睡在父亲的脚后的被上，陪伴着父亲。

我们回家后，父亲换了一个寝室。他现在睡到弄堂门外一间从来没有人去的房子里了。

玳瑁有两夜没有找到父亲，只在原地方走着。叫着。它第一夜跳到父亲的床上，发现睡着的是我们，便立刻跳了出去。

正是很冷的天气。父亲惦念着玳瑁夜里受冷，说它恐怕不会想到他会搬到那样冷落的地方去的，而且晚上弄堂门又关得很早。

但是第三天的夜里，父亲一觉醒来，玳瑁已在床上睡着了，静静的，"咕咕"念着猫经。

半个月后，玳瑁对我也渐渐熟了。它不复躲避我。当它在父亲身边的时候，我伸出手去，轻轻抚摩着它的颈背。它伏着不动。然而它从不自己走近我。我叫它，它仍不来。就是母亲，她是永久和父亲在一起的，它也不肯走近她。父亲呢，只要叫一声"玳瑁"，甚至咳嗽一声，它便不晓得从什么地方溜出来了。而且绕着父亲的脚。

有两次玳瑁到邻居家去游走，忘记了吃饭。我们大家叫着"玳瑁玳瑁"，东西寻找着，不见它回来。父亲却猜到它那里去了。他拿着玳瑁的饭碗走出门外。用筷子敲着，只喊了两声"玳瑁"，玳瑁便从很远的邻屋上走来了。

"你的声音像格外不同似的，"母亲对父亲说，"只消叫两声，又不大，它便老远的听见了。"

"是哪，它只听我管的哩。"

对于寂寞地度着残年的老人，玳瑁所给予的是儿子和孙子的安慰，我觉得。

六月四日的早晨，我带着战栗的心重到家里，父亲只躺在床上远远地望了我一下，便疲倦地合上了眼皮。我悲苦地牵着他的手在我的面上抚摩。他的手已经有点生硬，不复像往日柔和地抚摩玳瑁的颈背那么自然。据说在头一天的下午，玳瑁曾经跳上他的身边，悲鸣着，父亲还很自然的抚摩着它亲密地叫着"玳瑁"。而我呢，已经迟了。

从这一天起，玳瑁便不再走进父亲的以及和父亲相连的我们的房子。我们有好几天没有看见玳瑁的影子。我代替了父亲的工作，给玳瑁在厨房里备好鱼拌的饭，敲着碗，叫着"玳瑁"。玳瑁没有回答，也不出来。母亲说，这几天家里人多，闹得很，它该是躲在楼上怕出来的。于是我把饭碗一直送到楼上。然而玳瑁仍没有影子。过了一天，碗里的饭照样地摆在楼上，只饭粒干瘪了一些。

玳瑁正怀着孕，需要好的滋养。一想到这，大家更其焦虑了。

第五天早晨，母亲才发现给玳瑁在厨房预备着的另一只饭碗里的饭略略少了一些。大约它在没有人的夜里走进了厨房。它应该是非常饥饿了。然而仍像吃不下的样子。

一星期后，家里的亲友渐渐少了。玳瑁仍不大肯露面。无论谁叫它，都不答应。偶然在楼梯上溜过的后影，显得憔悴而且瘦削，连那怀着孕的肚子也好像小了一些似的。

一天一天家里愈加冷静了。满屋里主宰着静默的悲哀。一到晚上，人还没有睡，老鼠便吱吱叫着活动起来，甚至我们房间的楼上也在叫着跑着。玳瑁是最会捕鼠的。当去年我们回家的时候，即使它跟着父亲睡在远一点的地方，我们的房间里从没有听见过老鼠的声音。但现在玳瑁就睡在隔壁的楼上，也不过问了。我们毫不埋怨它。我们知道它所以这样的原因。

可怜的玳瑁。它不能再听到那熟识的亲密的声音，不能再得到那慈爱的抚摩，它是在怎样的悲伤呵！

三星期后，我们全家要离开故乡。大家预先就在商量，怎样把玳瑁带出来。但是离开预定的日子前一星期，玳瑁生了小孩了。我们看见它的肚子松瘪着。

怎样可以把它带出来呢？

然而为了玳瑁，我们还是不能不带它出来。我们家里的门将要全锁上。邻居们不会像我们似的爱它，而且大家全吃着索菜，不会舍得买鱼饲它。单看玳瑁的脾气，连对于母亲也是冷淡淡的，决不会喜欢别的邻居。

我们还是决定带它一道来上海。

它生了几个小孩，什么样子，放在哪里，我们虽然极想知道，却不敢去惊动玳瑁。我们预定在饲玳瑁的时候，先捉到它，然后再寻觅它的小孩。因为这几天来，玳瑁在吃饭的时候，已经不大避人，捉到它应该是容易的。

但是两天后，我们十几岁的外甥遏抑不住他的热情了。不知怎样，玳瑁的孩子们所在的地方先被他很容易的发现了。它们原来就在楼梯门口，一只半掩着的糠箱里。玳瑁和它的小孩们就住在这里，是谁也想不到的。外甥很喜欢，叫大家去看。玳瑁已经溜得远远的在惧怯地望着。

我们想，既然玳瑁已经知道我们发觉了它的小孩的住所，不如便先把它的小孩看守起来，因为这样，也可以引诱玳瑁的来到，否则它会把小孩衔到更没有人晓得的地方去的。

于是我们便做了一个更适合的窠，给它的小孩们，携进了以前父亲的寝室，而且就在父亲的床边。

那里是四个小孩，白的，黑的，黄的，玳瑁的，都还没有睁开眼睛。贴着压着，钻做一团，肥圆的。捉到它们的时候，偶然发出微弱的老鼠似的吱吱的鸣声。

"生了几只呀？"母亲问着。

"四只。"

"嗨，四只！怪不得！扛了你父亲的棺材，不要再扛我的呢！"母亲叹息着，不快活的说。

大家听着这话，愣住了。

"把它们丢出去！"外甥叫着说，但他同时却又喜悦地抚摩着玳瑁的小孩们，舍不得走开。

玳瑁现在在楼上寻觅了，它大声的叫着。

"玳瑁，这里来，在这里，"我们学着父亲仿佛对人说话似的叫着玳瑁说。

但是玳瑁像只懂得父亲的话，不能了解我们说什么。它在楼上寻觅着，在弄堂里寻觅着，在厨房里寻觅着，可不走进以前父亲天天夜里带着它睡觉的房子。我们有时故意作弄它的小孩们，使它们发出微弱的鸣声。玳瑁仍像没有听见似的。

过了一会，玳瑁给我们女工捉住了。它似乎饿了，走到厨房去吃饭，却不防给她一手捉住了颈背的皮。

"快来！快来！捉住了！"她大声叫着。

我扯了早已预备好的绳圈，跑出去。

玳瑁大声的叫着，用力的挣扎着。待至我伸出手去，还没抱住玳瑁，女工的手一松，玳瑁溜走了。

它再不到厨房里去，只在楼上叫着，寻觅着。

几点钟后，我们只得把玳瑁的小孩们送回楼上。它们显然也和玳瑁似的在忍受着饥饿和痛苦。

玳瑁又静默了，不到十分钟，我们已看不见它的小孩们的影子。现在可不必再费气力，谁也不会知道它们的所在。

有一天一夜，玳瑁没有动过厨房里的饭。以后几天，它也只在夜里，待大家睡了以后到厨房里去。

我们还想设法带玳瑁出来，但是母亲说：

"随它去吧，这样有灵性的猫，哪里会不晓得我们要离开这里。要出去自然不会躲开的。你们看它，父亲过世以后，再也不忍走进那两问房里，并且几天没有吃饭，明明在非常的伤心。现在怕是还想在这里陪伴你们父亲的灵魂呢。它原是你父亲的。"

我们只好随玳瑁自己了。它显然比我们还舍不得父亲，舍不得父亲所住过的房子，走过的路以及手所抚摸过的一切。父亲的声音，父亲的形像，父亲的气息，应该都还很深刻地萦绕在它的脑中。

可怜的玳瑁，它比我们还爱父亲！

然而玳瑁也太凄惨了。以后还有谁再像父亲似的按时给它好的食物，而且慈爱地抚摩着它，像对人说话似的一声声地叫它呢？

离家的那天早晨，母亲曾给它留下了许多给孩子吃的稀饭在厨房里。门虽然锁着，玳瑁应该仍然晓得走进去。邻居们也曾答应代我们给它饲料。然而又怎能和父亲在的时候相比呢？

现在距我们离家的时候又已一月多了。玳瑁应该很健康着，它的小孩们也该是很活泼可爱了吧？

我希望能再见到和父亲的灵魂永久同在着的玳瑁。

（选自散文集《驴子和骡子》，1934 年 12 月，上海生活书店）

听潮的故事

　　一年夏天，趁着刚离开厌烦的军队的职务，我和妻坐着海轮，到了一个有名的岛上。

　　这里是佛国，全岛周围三十里中，除了七八家店铺以外，全是寺院。为了要完全隔绝红尘的凡缘，几千个出了俗的和尚绝对地拒绝了出家的尼姑在这里修道，连开店铺的人也被禁止带女眷在这里居住。荤菜是不准上岸的，开店的人也受这拘束。

　　只有香客是例外，可以带着女眷，办了荤菜上这佛国。岛上没有旅店，每一个寺院都特设了许多房子给香客住宿，而且准许男女香客同住在一间房子里。厨房虽然是单煮素菜的，但香客可以自备一只锅子，在那里烧肉吃，这样的香客多半是去观光游览的，不是真正烧香念佛的香客。

　　我们就属于这一类。

　　这时佛国的香会正在最热闹的时期里，四方善男信女都跨山过海集中在这里。寺院里一天到晚做着佛事，满岛上来去进香领牒的男女恰似热锅上的蚂蚁，把清净的佛国变成了热闹的都市。

　　我们游览完了寺刹和名胜，觉得海的神秘和伟大不是在短促的时间里领略得尽，便决计在这岛上多住一些时候，待香客们散尽再离开。几天后，我们选了一个幽静的寺院，搬了过去。

　　它就在海边，有三间住客的房子，一个凉台还突出在海上，当时这三间房子里正住着香客，当家的答应过几天待他们走了就给我们一间房子，我们便暂在靠海湾的一间楼房住下了。

楼房的地位已经相当的好，从狭小的窗洞里可以望见落日和海湾尽头的一角。每次潮来的时候，听见海水冲击岩石的声音，看见空中细雨似的、朝雾似的、暮烟似的飞沫的升落。有时它带着腥气，带着咸味，一直冲进了我们的小窗，粘在我们的身上，润湿着房中的一切。

像是因为寺院的地点偏僻了一点的缘故，到这里来的香客比较少了许多，佛事也只三五天一次，住宿在寺院里的香客只有十几个人。这冷静正合我们的意，而我们的来到，却仿佛因为减少了寺院里的一分冷静，受了当家的欢迎。待遇显得特别周到：早上晚上和下午三时，都有一些不同的点心端了出来，饭菜也很鲜美，进出的时候，大小和尚全对我们打招呼，有时当家的还特地跑了来闲谈。

这一切都使我们高兴，妻简直起了在那里住上几个月的念头了。

"要是搬到了突出在海上的房子里，海就完全属于我们的了！"妻渴望地说。

过了几天，那边走了一部分香客，空了一间房子出来，我们果然搬过去了。

这里是新式的平屋，但因为突出在海上，它像是楼房。房间宽而且深，中间一个厅。住在厅的那边的房里的是一对年青的夫妻，才从上海的一个学校里毕业出来，目的想在这里一面游玩，一面读书，度过暑假。

"现在这海——这海完全是我们的了！"当天晚上，我们靠着凉台的栏杆，赏玩海景的时候，妻又高兴地叫着说。

大海上一片静寂。在我们的脚下，波浪轻轻地吻着岩石，睡眠了似的。在平静的深暗的海面上，月光辟了一条狭而且长的明亮的路，闪闪地颤动着，银鳞一般。远处灯塔上的红光镶在黑暗的空间，像是一个宝玉。它和那海面银光在我们面前揭开了海的神秘——那不是狂暴的不测的可怕的神秘，那是幽静的和平的愉悦的神秘。我们的脚下仿佛轻松起来，平静地，宽怀地，带着欣幸与希望，走上了那银光的道路，朝着宝玉般的红光走了去。

"岂止成佛呵！"妻低声的说着，偏过脸来偎着我的脸。她心中的喜悦正和我的一样。

海在我们脚下沉吟着，诗人一般。那声音像是朦胧的月光和玫瑰花间的晨雾那样的温柔，像是情人的蜜语那样的甜美。低低地，轻轻地，像微风拂过琴弦，像落花飘到水上。

海睡熟了。

大小的岛屿拥抱着，偎依着，也静静地朦胧地入了睡乡。

星星在头上也眨着疲倦的眼，也将睡了。

许久许久，我们也像入了睡似的，停止了一切的思念和情绪。

不晓得过了多少时候，远处一个寺院里的钟声突然惊醒了海的沉睡。它现在激起了海水的兴奋，渐渐向我们脚下的岩石推了过来，发出哺哺的声音，仿佛谁在海里吐着气。海面的银光跟着翻动起来，银龙似的。接着我们脚下的岩石里就像铃子，饶钹，钟鼓在响着，愈响愈大了。

没有风。海自己醒了，动着。它转侧着，打着呵欠，伸着腰和脚，抹着眼睛。因为岛屿挡住了它的转动，它在用脚踢着，用手拍着，用牙咬着。它一刻比一刻兴奋，一刻比一刻用力。岩石渐渐起了战栗，发出抵抗的叫声，打碎了海的鳞片。

海受了创伤，愤怒了。

它叫吼着，猛烈地往岸边袭击了过来，冲进了岩石的每一个罅隙里，扰乱岩石的后方，接着又来了正面的攻击。刺打着岩石的壁垒。

声音越来越大了。战鼓声，金锣声，枪炮声，呐喊声，叫号声，哭泣声，马蹄声，车轮声，飞机的机翼声，火车的汽笛声，都掺杂在一起，千军万马混战了起来。

银光消失了。海水疯狂地汹涌着，吞没了远近的岛屿。它从我们的脚下浮了起来，雷似地怒吼着，一阵阵地将满带着血腥的浪花泼溅在我们的身上。

"可怕的海！"妻战栗地叫着说，"这里会塌哩！"

"哪里的话！"

"至少这声音是可怕得够了！"

"伟大的声音！海的美就在这里！"我说。

"你看那红光！"妻指着远处越发明亮的灯塔上的红灯说，"它镶在黑暗的空间，像是血！可怕的血！"

"倘若是血，就愈显得海的伟大哩！"

妻不复做声了，她像感觉到我的话的残忍似的，静默而又恐怖地走进了房里。

现在她开始起了回家的念头。她不再说那海是我们的话了。每次潮来的时候，她便忧郁地坐在房里，把窗子也关了起来。

"向来是这样的，你看！"退潮的时候，我指着海边对她说。"一来一去，是故事！来的时候凶猛，去的时候多么平静呵！一样的美！"

然而她不承认我的话。她总觉得那是使她恐惧，使她厌憎的。倘使我的感觉和她的一样，她愿意立刻就离开这里。但为了我，她愿意再留半个月。我喜欢海，尤其是潮来的时候。因此即使是和妻一道关在房子里，从闭着的窗户里听着外面模糊的潮音，也觉得很满意，再留半个月，尽够欣幸了。

一天，两天，我珍视的日子，已经过去了四天。我们的寺院里忽然来了两个肥胖的外国人，随带着一个中国茶房，几件行李，那是和尚们从轮船码头上接来的。当家的陪他们到我们的屋子里看了一遍，合了他们的意以后，忽然对我们对面住着的年轻夫妻提出了迁让的要求。

"一样给你们钱，为什么要我们让给外国人？"他们拒绝了。

随后这要求轮到了我们，也得到了同样的回答。

当家的去后，别的和尚又来了，他们明白的说明了外国人可以多出一点钱的原因，要求我们四个人同住在一间房子里，让一间房子出来给外国人。他们甚至已经把行李搬到我们的厅里来了。

"什么话！"年青的学生发怒了。"外国人出多少钱，我们也出多少钱就是！我们都有女眷，怎么可以同住在一间房子里！"

他们受不了这侮辱，开始骂了起来，终于立刻卷起行李，走了。妻也生了气，提议一道走。但我觉得这是常情，劝她忍受一下。

"只有十天了。管他这些！谁晓得什么时候还能再来听这潮音呵！"

妻的气愤虽然给我劝住了，但因她的感觉的太灵敏，却愈加不快活起来。她远远的看见了路上的香客，就以为是到这个寺院来住的，怀疑着我们将得到第二次的被驱逐。她觉察出当家的已几天没有来和我们打招呼，大小和尚看见我们的时候脸上没有笑容，菜蔬也坏了，甚至生了虫的。

"早些走吧！"妻时常催促我。

"只有八天了。"我说。

"不能留了！"过了一天，妻又催了。

"只有七天了。"

"只有六天，五天半了。"我又回答着妻的催促。

"等到将来我们有了钱，自己在海边造起房子来，尽你享受的，那时海就完全是你的了！"

"好了，好了，只有四天半了哩！以后不再到海边听潮也行。海是不能属于一个人的。造了房子，说不定还要做和尚的。"

然而妻终于不能忍耐了。这天晚上，当家忽然跑来和我们打招呼，脸上没有一点笑容。

"香期快完了，大轮船不转这里，菜蔬会成问题哩！……"

我们看见他给外国人吃的菜比我们好而且多到几倍。他说这话，明明是一种逐客的借口，甚至是一种恫吓。

"我们就要走了！你不用说谎！"

"哪里，哪里！"他狡猾地微笑一下，走了。

"都是你糊涂！潮呀，海呀，听过一次，看过一次，就够了，偏要留着不肯走！明天再不走，还要等到人家把我们的行李摔出去吗？我刚才已经看见他们又接了两个香客来了！"妻喃喃地埋怨着。

"好，好，明天就走吧，也享受得够快乐了！"

"受了人家的侮辱，还说快乐！"

"那是常情，"我说，"到处都一样的。"

"我可受不了！"

"明天一上轮船，这些事情就成为故事了。二十四，二十三，二十二，二十一，十八，不是只有十八个钟头了吗？"我笑着说。

然而这时间也确实有点难以度过。第二天早晨，正当我们取了钱，预备去付账，声明下午要走的时候，我们的厅堂里忽然又搬进行李来了，正放在我们这一边。那正是昨天才来的香客。

妻气得失了色，说不出话来，只是瞪着眼睛望着我。不用说，当家的立刻又要来到，第一次的故事又要重演一次了。

"给这故事变一个喜剧让妻消一点闷吧！"我这样想着，从箱子里取出了军队里的制服，穿在身上，把那方绫的符号和银质的徽章特别露挂在外面，往厅里走了去。

当家的正从外面走了进来，看见我的奇异的形状，突然站住了。

他非常惊愕地注视着我，皱一皱眉头，又立刻现出了一个不自然的笑容。

"鲁……"他不晓得应该怎样称呼我了，机械地合了掌，"老爷，你好！"

"有什么事吗，当家的？"我瞪着眼望他。

"没有什么——特地请个安。唔！这是谁的行李？"他转过头去，问跟在后背的小和尚。

"这就是李先生的。"

"哼——阿弥陀佛！你们这些人真不中用！怎么拿到这里来了！我不是说过。安置在西楼上的吗？"

"师父不是说……"

"阿弥陀佛！快些拿去！快些拿去！——这样不中用！"

我看见了他对小和尚眨着眼睛。

"到我房子里坐坐吧，当家的，我正想去找你呢！"

"是，是，"他睁着疑惑的眼光注意着我的脸色。"请不要生气，吵闹了你，这完全是他们弄错了。咳！真不中用！请老爷多多原谅。"他又对站在我后背发笑的妻合着掌说："请太太多多原谅！"

"哪里，哪里！"我微笑地回答着。

我待他跟进了房里，从衣袋里摸出几张钞票，放在他面前说：

"我们今天要走了，当家的，这一点点香钱，请收了吧。"

他惊愕地站着，又机械地合了掌，似乎还怀疑着我发了气。

"原谅，老爷！我们太怠慢了！天气热得很，还请住过夏再走！钱是绝不敢领的！"

为要使他安静，我反复地说明了要走的原因，是军队里的假期已满，而且还有别的重要的公事。钱呢，是给他买香烛的，必须给我们收下。他安了心，恭敬地合着掌走了，不肯拿钱。我叫茶房送去了两次，他又亲自送了回来。最后我自己送了去，说了许多话，他才收下了。

他办了一桌酒席，给我们送行，又送了一些佛国的特产和蔬菜。

"这一个玩笑开得太凶了！和尚也可怜哩！"现在妻的气愤不但完全消失，反而觉得不忍了。

"这只是平常的故事，一来一去，完全和潮一样的！"我说，"无爱无憎，才能见到真正的美，所以释迦成了佛呢！"

"无论你怎样玄之又玄，总之这海，这潮，这佛国，使我厌憎！"妻临行前喃喃的不快活的说。

她没有注意到当家的站在门口，还在大声的说着，要我们明年再来。

（选自散文集《驴子和骡子》，1934 年 12 月，上海生活书店）

母亲的时钟

二十几年前，父亲从外面带了一架时钟给母亲：一尺多高，上圆下方。黑紫色的木框，厚玻璃面，白底黑字的计时盘，盘的中央和边缘镶着金漆的圆圈。底下垂着金漆的钟摆，钉着金漆的铃子，铃子后面的木框上贴着彩色的图画——是一架堂皇而且美丽的时钟。那时这样的时钟在乡里很不容易见到；不但我和姊姊非常觉得稀奇，就连母亲也特别喜欢它。

她最先把那时钟摆在床头的小橱上，只允许我们远望，不许我们走近去玩弄。我们爱看那钟摆的晃摇和长针的移动，常常望着望着忘记了读书和绣花。于是母亲搬了一个座位，用她的身子挡住了我们的视线，说：

"这是听的，不是看的呀！等一会又要敲了，你们知道呆看了多少时候吗？"

我们喜欢听时钟的敲声，常常问母亲：

"还不敲吗，妈？你叫它早点敲吧！"

但是母亲望了一望我们的书本和花绷，冷淡地回答说：

"到了时候，它自己会敲的。"

钟摆不但自己会动，还会得得地响下去，我们常常低低地念着它的次数；但母亲一看见我们嘴唇的噏动，就生起气来。

"你们发疯了！它一天到晚响着，你们一天到晚不做事情吗？我把它停了，或是把它送给人家去，免得害你们吧！……"

但她虽然这样说，却并没把它停下，也没把它送给人家。她自己也常常去看那钟点，天天把它揩得干干净净。

"走路轻一点！不准跳！"她几次对我们说，"震动得厉害，它会停止的！"

真的，母亲自从有了这架时钟以后，她自己的举动更加轻声了。她到小橱上去拿别的东西的时候，几乎忍住了呼吸。

这架时钟开足后可以走上一个星期。不知母亲是怎样记得的。每次总在第七天的早晨不待它停止，就去开足了发条。和时钟一道，父亲带回家来的。还有一个小小的日晷。一遇到天气好太阳大，母亲就在将到正午的时候，把它放在后院子的水缸盖上。她不会看别的时刻，只知道等待那红线的影子直了，就把时钟纠正为十二点。随后她收了那日晷，把它放在时钟的玻璃门内。我们也喜欢那日晷，因为它里面有一颗指南针，跳动得怪好看。但母亲连这个也不许我们玩弄。

"不是玩的！"她说。"太阳立刻就下山了，还不赶快做你们的事吗？……"

这在我们简直是件苦恼的事情。自从有了时钟以后，母亲对我们的监督愈加严了。她什么事情都要接着时候，甚至是早起，晚睡和三餐的时间。

冬天的日子特别短，天亮得迟黑得早。母亲虽然把我们睡眠的时间略略改动了些，但她自己总是照着平时的时间。大冷天，天还未亮，她就起来了。她把早饭煮好，房子收拾干净，拿着火炉来给我们烘衣服，催我们起床的时候，天才发亮。而我们也正睡得舒服，怕从被窝里钻出来。

"立刻要开饭了，不起来没有饭吃！"

她说完话就去预备碗筷。等我们穿好衣服，脸未洗完，她已经把饭菜摆在桌上。倘若我们不起来，她是决不等待我们的，从此要一直饿到中午，而且她半天也不理睬我们。

每次每次当她对我们说几点钟的时候，我们几乎都起了恐惧，因为她把我们的一切都用时间来限制，不准我们拖延。我们本来喜欢那架时钟的，以后却渐渐对它憎恶起来了。

"停了也好，坏了也好！"我们常常私自说。

但是它从来不停。也从来不坏。而且过了两三年，我们家里又加了一架时钟了。

那是我们阴配的嫂嫂的嫁妆。它比母亲的一架更时新，更美观，声音也更好听。它不用铃子，用的钢条圈，敲起来声音洪亮而且余音不绝。

我们喜欢这一架，因为它还有两个特点：比母亲的一架走得慢，常常走不到一星期就停了下来。

但母亲却喜欢旧的一架。她把新的放在门边的琴桌上，把揩抹和开发条的事情派给了姊姊。她屡次看时刻都走剄自己的床边望那架旧的。

"你喜欢这一架，"母亲对姊姊说，"将来就给你做嫁妆吧。当然，这一架样予新，也值钱些。"

我想姊姊当时听了这话应该是高兴的。但我心里却很不快活。我不希望母亲永久有一架那样准确而耐用的时钟。

那时钟，到得后来几乎代替了母亲的命令了。母亲不说话，它也就下起命令来。我们正睡得熟，它叮叮地叫着逼迫我们起床了；我们正玩得高兴，它叮叮地叫着，逼迫我们睡觉了；我们肚子不饿，它却叫我们吃饭；肚子饿了，它又不叫我们吃饭……

我们喜欢的是要快就快。要慢就慢，要走就走，要停就停的时钟。

姊姊虽然有幸，将得到一架那样的时钟，但在出嫁前两三个月，母亲忽然要把它修理了。

"好看只管好看，乱时辰是不行的，"她对姊姊说。"你去做媳妇，比不得在家里做女儿，可以糊里糊涂，自由自在呀。"

不知怎样。她竟打听出来了一个会修时钟的人，把他从远处请到家里，将那架新的拆开来，加了油，旋紧了某一个螺丝钉，弄了大半天。母亲请他吃了一顿饭，还用船送他回去。

于是姊姊的那架时钟果然非常准确了，几乎和母亲的一模一样。这在她是祸是福。我不知道。只记得她以后不再埋怨时钟，而且每次回到家里来，常常替代母亲把那架旧的用日晷来对准；同时她也已变得和母亲一样，一切都按照着一定的时间了。

我呢，自从第一次离开故乡后，也就认识了时钟的价值，知道了它对于人生的重大的意义，早已把憎恶它的心思一变而为喜爱的了。因为大的时钟不合用，我曾经买过许多挂表，既便于携带，式样又美观，价钱又便宜。

我记得第一次回家随身带着的是一只新出的夜明表，喜欢得连半夜醒来也要把它从枕头下拿来观看一番的。

"你看吧,妈,我这只表比你那架旧钟有用得多了,"我说着把它放在母亲的衣下。"黑角里也看得见。半夜里也看得见呢!"

但是母亲却并不喜欢。她冷淡地回答说:

"好玩罢了,并且是哑的。要看谁走得准、走得久呀。"

我本来是不喜欢那架旧钟的,现在给她这么一说,我愈加发现它的缺点了:式样既古旧、携带又不便利,而且摆置得不平稳或者稍受震动就会停止;到了夜里,睡得正甜蜜的时候,有时它叮叮敲着把人惊醒了过来,反之,醒着想知道是什么时候,却须静候到一个钟头才能听到它的报告。然而母亲却看不起我的新置的完美的挂表,重视着那架不合用的旧钟。这真使我对它发生更不快的感觉。

幸而母亲对我的态度却改变了。她现在像把我当做了客人似的,每天早晨并不催我起床,也并不自己先吃饭,总是等待着我,一直到饭菜冷了再热过一遍。她自己是仍按着时间早起,按着时间煮饭的,但她不再命令我依从她了。

"总要早起早睡,"她偶然也在无意中提醒我,而态度却是和婉的。

然而我始终不能依从她的愿望。我的习惯一年比一年坏了:起来得愈迟,睡得也愈迟,一切事情都漫无定时。我先后买过许多表,的确都是不准确的,也不耐久的;到得后来,索性连这一类表也没用处了。

但母亲却依然保留着她那架旧钟:屋子被火烧掉了,她抢出了那架旧钟,几次移居到上海—她都带着那架旧钟。

"给你买一架新的吧,不必带到上海去"。我说。母亲摇一摇头:

"你们用新的吧;我还是要这架用惯了的。"

到了上海,她首先拿出那架旧钟来,摆在自己的房里,仍是自己管理它。它和海关的钟差不多准确,也不需要修理添油。只是外面的样子渐渐老了:白底黑字的计时盘这里那里起了斑疤,金漆也一块块地剥落了。

至于母亲,自从父亲去世后也就得了病,愈加老得快,消瘦下来,没有精力做事情。

"吃现成饭了,"她说,"一切由你们吧。"

她把家里的事情全交给了我和妻,常常躺在床上睡觉。

　　但是她早起的习惯没有改。天才一亮，她就起床了。她很容易饿，我们吃饭的时间就不得不和她分了开来。常常我们才吃过早饭，她就要吃中饭。她起初也等待我们，劝我们，日子久了，她知道没办法，便径自先吃了。

　　"一天到晚，只看见开饭，"她不高兴的时候，说。"我还是住在乡下好，这里看不惯！"

　　真的，她现在不常埋怨我们，可是一切都使她看不惯，她说要住到乡下去，立刻就要走的，怎样也留她不住。

　　"乡下冷清清的没有亲人，"我说。

　　"住惯了的。"

　　"把你顶喜欢的子孙带去吧。"

　　但是她不要。她只带着她那架旧钟回去。第二次再来上海时，仍带着那架旧钟。第三次，第四次……都是一样。

　　去年秋季，母亲最后一次离开了她所深爱的故乡。她自知身体衰弱到了极度，临行前对人家说：

　　"我怕不能再回来了。上海过老，也好的，全家在眼前……"

　　这一次她的行李很简单：一箱子的寿衣、一架时钟。到得上海，她又把那时钟放在她自己的房里。

　　果然从那时起，她起床的时候愈加少了，几乎一天到晚都躺在床上，而且不常醒来。只有天亮和三餐的时间，她还是按时的醒了过来。天气渐渐冷下来，母亲的病也渐渐沉重起来，不能再按时去开那架时钟，于是管理它的责任便到了我们的手里。但我们没有这习惯，常常忘记去开它，等到母亲说了几次钟停了，我们才去开足它的发条，而又因为没有别的时钟，常常无法纠正它，使它准确。"要在一定时候开它，"母亲告诉我们说，"停久了，就会坏的，你们且搬它到自己的房里去吧，时时看见它就不会忘记了。"

　　我们依从母亲的话，便把她的时钟搬到了楼上房间里。几个月来，它也很少停止，因为一听到它的敲声的缓慢无力，我们便预先去开足了发条。

　　但是在母亲去世前的一个月里，我们忽然发现母亲的时钟异样了：明明是才开足二三天，敲声也急促有力，却在我们不注意中停止了。我们起初怀疑没放得平稳，随后以为是孩子们奔跳所震动，可是都不能证实。

不久，姊姊从故乡来了。她听到时钟的变化，便失了色，绝望地摇一摇头，说：

"妈的病不会好了。这是个不吉利的预兆……"

"迷信！"我立刻截断了她的话。

过了几天，我忽然发现时钟又停止了。是在夜里三点钟。早晨我到楼下去看母亲，听见她说话的声音特别低了，问她话老是无力回答。到了下半天，我们都在她床边侍候着，她昏昏沉沉地睡着，很少醒来。我们喊了许久，问她要不要喝水，她微微摇一摇头，非常低声的说：

"不要喊我……"

我们知道她醒来后是感到身体的痛苦的，也就依从着她的话，让她安睡着。这样一直到深夜，我们看见她低声哼着，想转身却转不过来，便喂了她一点点汤水，问她怎样。

"比上半夜难过……"她低声回答我们。

我觉得奇怪，怀疑她昏迷了。我想，现在不就是上半夜吗，她怎么当做了下半夜呢？我连忙走到楼上，却又不禁惊讶起来：

原来母亲的时钟已经过了一点钟了。

我不明白，母亲是怎样听见楼上的钟声的。楼下的房子既高，楼板又二层。自从她的时钟搬到楼上后，她曾好几次问过我们钟点。前后左右的房子空的很多，贴邻的一家，平常又没听见有钟声。附近又没有报时的鸡啼。这一夜母亲的房子里又相当不静寂，姊姊在念经、女工在吹折锡箔，间而夹杂着我们的低语声、走动声。母亲怎样知道现在到了下半夜呢。

是母亲没有忘记时钟吗？是时钟永久跟随着母亲呢？我想问母亲，但是母亲不再说话了。一点多钟以后她闭上了眼睛，正是头一天时钟自动地静默下来的那个时刻。

失却了一位这样的主人，那架古旧的时钟怕是早已感觉到存在的悲苦了吧？唉……

（原载 1937 年 4 月 15 日《文丛》第 1 卷第 1 期）